아버지 그립고야

모란의 시인 「영랑을」 추억하다 ── 김현철 지음

아버지 그립고야

동아일보사

차 례

지난봄까지만 해도 선친 '영랑'의 '알려지지 않은 이야기'를 기록으로 남길 생각을 하지는 못했다. 그러던 어느 날, 강진의 몇 분과 함께한 자리에서 무심히 지나가는 얘기로 영랑에 얽힌 옛 이야기를 하나 털어놓자 이를 듣던 박석환 팀장(전남 강진군 관광개발팀, 현 축제팀장)이 "영랑 선생님의 일화가 거의 알려진 게 없는데 그러한 일화를 모아서 기록으로 남겼으면 좋겠다."라는 의견을 내놓았다.

생각해 보니 1935년 첫 번째 《영랑시집》이 나온 이래 시집·전집·평전 등의 여러 가지 영랑 관련 서적이 나왔으나, 거기에는 그분의 성격이나 취미 정도가 몇 줄로 간략히 소개되었을 뿐 이렇다 할 일화는 거의 알려지지 않았음을 깨달았다.

그래서 이번 기회에 그러한 일화들을 세상에 알리고 싶었다. 이 일을 하는 데 어려움이 많았지만 나의 기억과 선친의 문우들 그리고 고향 분들의 고증을 통해 그분의 알려지지 않은 이야기 33편을 발굴해 이렇게 세상에 내놓게 되어 보람을 느낀다.

영랑이 그토록 사랑하던 겨레와 국토, 고향 산천과 생가의 모란, 동백, 꾀꼬리 숲, 대밭, 한 폭의 동양화처럼 펼쳐진 강진 앞바다의 정경 그리고 거문고·북·판소리·악성들의 교향악 등을 죄다 포기하고 유명을 달리한 지 어언 60년. 그 지난날의 일들을 회고하려니 "……아슬한 하늘에 뜬 연같이 / 바람에 깜박이는 연실같이 / ……아슴풀하다……."('연 1' 중에서)

지난날을 회상하는데 문득 "뚱뚱한 몸짓에 걸걸한 웃음소리, 거기에서 풍기는 체취, 소박하고 활달하고 호걸풍마저 섞인 '무한호인(無限好人)'이라 불릴 정도의 그의 초탈(超脫)한 성격은 우리 시인들 중에서는 찾아보기 어렵

다.”던 평론가 이헌구(1905~1983)의 글 ‘생각나는 사람들’
이 떠오른다.

<blockquote>
숲향기 숨길을 가로막았소

발끝에 구슬이 깨이어지고

달 따라 들길을 걸어다니다

하룻밤 여름을 새워버렸소

- ‘숲향기 숨길을 가로막았소’ 전문
</blockquote>

영랑에게는 자신이 그토록 사랑한 이 땅과 이 뜰을 비
추는 달, 그 속에서 신선인 듯 달 따라 밤을 새워 여름을 거
닐던 낭만이 있었다.

잇따라 발표되는 주옥 같은 서정시에 평론가 이원조
(1909~1955, 시인 이육사의 동생)는 “……이 시인이 자꾸
이대로 나가면 뮤즈(Muse: 그리스 신화에 나오는 시, 음악,
극, 미술을 지배하는 아홉 여신들)마저 질투할 것이다. 칭

찬도 공격도 할 필요 없이 그냥 둘 수밖에.”라고 했다. 평론가라 해서 함부로 비평할 작품들이 아니라는 뜻일 게다.

순간의 미적 감동을 포착해서 ‘서정주의의 극치(박용철, 정한모 시인의 평)’를 이룩해 놓은 시인인 데다 대부분의 지식인들이 적당히 시류를 타면서 편안히 한세상을 살아갈 때 “……나는 독(毒)을 차고 선선히 가리라 / 마금날 내 외로운 혼(魂) 건지기 위하여”(‘독을 차고’ 중에서)라며 잔인무도하고 간악한 일제의 탄압에도 이 악물고 끝내 그 지조를 굽히지 않은 영랑이었다.

이제 와서 보니 영랑의 묘비에 꼭 알맞은 ‘유언장’ 같은 시를 두고도 유가족 및 동료, 후배들이 대표작으로 알려진 ‘모란이 피기까지는’만 생각해 온 것은 일찍이 영랑의 시 전편을 접하지 못한 탓이 아닐까?

생전에 이다지 외로운 사람

어이해 뫼 아래 비(碑)돌 세우오

초조론 길손의 한숨이라도

헤어진 고총(古塚)에 자주 떠오리

날마다 외롭다 가고말 사람

그래도 뫼 아래 비(碑)돌 세우리

'외롭건 내 곁에 쉬시다 가라'

한(恨)되는 한마디 삭이실란가

– '묘비명' 전문

1939년 말에 발표된 이 시는 일제의 최후 발악 속에서
탄생한 작품이다. 머지않아 강진군이 유가족의 협조로 생
가 가까이에 영랑의 묘를 이장할 계획인데 그 묘 앞에는 마
치 그러기 위해 쓰인 시라고 믿어지는 바로 이 '묘비명'이
자리를 잡아야 한다고 생각한다.

여기 소개된 글 중에는 2006년 봄 '제1회 영랑문학제'

때의 강연 내용과 중복되는 것이 몇 편 섞여 있음을 밝힌
다. 또한 이 글은 영랑을 기억하는 많은 분들의 증언을 토
대로 한 것이기에 저자를 가리킬 때 '나'라는 표현 대신
'셋째 아들 현철'로 객관화했음도 밝혀둔다.

이 책이 영랑을 연구하는 국문학도와 영랑 시 독자들에
게 다소나마 이해를 돕는 자료가 되었으면 좋겠다. 끝으로
이 책이 나오기까지 옆에서 협조해 주신 여러분, 특히 고증
에 도움을 준 전 강진노인대학장 양태홍 선배 등 고향의 여
러분, 그리고 표지를 장식해 준 김승희 화백께 심심한 감사
를 드린다.

2010년 4월
영랑 현구 문학관에서
영랑 유족 대표 김 현 철

당대 세계 최고 미인으로 손꼽히던 프랑스 여배우 미뇽.

미인의 사진을 보고 감격의 눈물을

호탕하고 강직한 성격의 영랑(1903~1950)이 사진 속 여인의 아름다움을 보고 감격하여 눈물을 흘렸다면 누가 믿겠는가? 영랑이 일본 아오야마학원(현 靑山學院大學: 아오야마 가쿠인대학) 재학시절(1920~1923년), 당시 세계적인 미인으로 정평이 있던 프랑스 여배우 미뇽(Mignon)의 그림엽서 한 장을 구했다.

이 사진 속의 미농은 화장기가 전혀 없는 청순한 얼굴에, 핑크빛 반소매 상의와 검은 바탕에 빨강 무늬가 있는 치마를 입고 있으며 왼손에 쥔 만돌린을 겨드랑이 밑에 낀 채 오른손은 검은 곱슬머리 뒤쪽에 대고 비스듬히 서 있는 요염한 소녀의 모습을 하고 있었다.

이 청순하고도 요염한 미인의 사진을 보고 영랑은 너무도 감격해서 "이 미인의 모습 때문에 내 청춘이 병들었노라." 하며 울었다고 한다. 영랑은 그것을 입증이라도 하듯 그 그림엽서 뒤쪽에 다음과 같은 시를 썼다(이 시 구절 중 청산은 영랑이 다녔던 아오야마학원을 가리킨다).

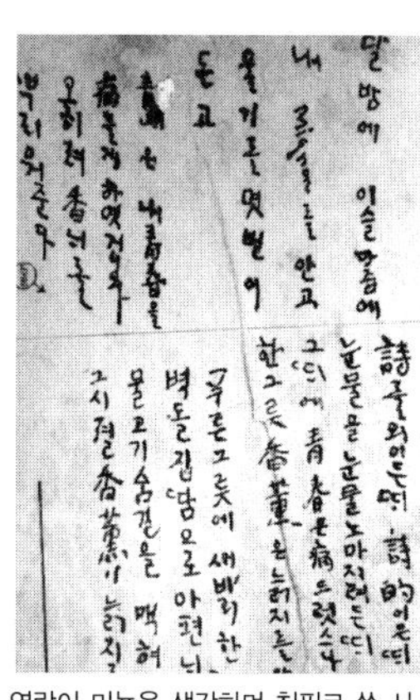

영랑이 미뇽을 생각하며 친필로 쓴 시.

달밤에 이슬아침에
내 미뇽을 안고
울기를 몇 번이
든고

청산은 내 청춘을
병들게 하였거니와
오히려 향내를
뿌리워 준다

시를 외이든 때 싯적이든 때
눈물을 눈물로 맞이려든 때
그때에 청춘은 병들었으나
한 그릇 향훈은 늙지를 않네

「달밤에 이슬아침에」중 일부

17

● 일본 아오야마학원 재학 중 귀국해 찍은 사진(1923년 겨
울). 평소 호탕한 성격의 영랑이었지만 그림엽서 속 여인을 보
고 감격해 시를 쓸 만큼 유미주의적 내심을 지니고 있었다.
●● 휘문고 재학시절의 영랑(1919년).

유미주의파 시인의 내심이 들여다보인다. 이토록 아름다움에 약한 영랑은 첫 시집인 《영랑시집》 첫 페이지에 "A thing of beauty is a joy, forever(아름다움은 영원한 기쁨)"라는 존 키츠(John Keats)의 명시 구절을 원문 그대로 인용하기도 했다.

영랑의 육필 원본은 이 밖에도 친구 박용철 시인에게 보낸 여러 편지 중 현재 두 편을 박 시인의 유가족이 보관하고 있다.

결혼 주례는 여운형 선생,
옛 애인 최승희의 축하 속에

영랑은 열 네 살 어린 소년의 몸으로 첫 결혼을 한 지 1년여 만에 상처(喪妻)를 했다. 그 쓰라린 경험을 한 지 만 8년 후인 1925년, 스무 살 개성 처녀 안귀련(安貴蓮, 당시 미 선교사가 창설한 강원도 원산 루씨여중고 교사)를 맞아 개성 중앙교회에서 재혼을 한다.

결혼한 지 1년여 만에 상처한 영랑은 만 8년 후 스무
살의 안귀련을 아내로 맞이했다.

주례는 여운형(1886~1947, 독립운동가, 2005년 대한민국 건국훈장 대통령장 추서)이 맡았다. 이 결혼식에는 훗날 세계적인 무용가가 된 최승희(1911~1967)가 참석했다. 영랑과 최승희는 얼마 전까지 열렬히 사랑하는 사이였으나 "무용가 지망생은 장손 며느리가 될 수 없다."는 완고한 부친의 반대로 뜻을 이루지 못했다. 당시 최승희는 본격적인 무용가가 되기 직전인 숙명여고생의 몸으로 오빠 최승일 시인(영랑의 친구)과 함께 옛 애인의 결혼을 축하하러 왔다. 이 소녀의 가슴속에서 '첫사랑 영랑' 의 이미지가 깨끗이 지워졌을까?

최승희와의 이별로 비련의 쓰라림을 겪은 영랑은 자기가 가장 사랑하던 동생 하식(1914~1949, 일본 와세다대학 영문과 졸)의 예비신부가 소프라노 지망생(이화여전 성악과 재학)이라는 이유로 부친의 '결혼 반대' 에 부딪히자, 자신과 똑같은 쓰라림을 동생에게 안겨주고 싶지 않아 부친을 끝까지 설득해 결국 동생의 결혼을 성사시켰다고 한다.

당시 강진에는 백범 김구뿐 아니라 여운형도 영랑과의 인연으로 자주 내려왔다. 올 때마다 영랑은 물론, 군동의 오원석(1899~1972, 외교관 오세주 대사의 부친), 4·4(기미 만세 강진 의거일) 강진 의거 때 주동이 됐던 김안식(1896~1960, 일본 메이지대학 법과 졸업, 현 고려대 전신인 보성전문 교수 역임), 오승남 등 여러 인사들과 접촉하면서 조국 독립을 논의하며 애국심을 고취했다고 한다.

● 영랑의 결혼 기념사진(1925).
●● 결혼식 주례는 독립운동가인 여운형이 맡았다.

첫사랑 영랑의 결혼식에 참석했던 세계적인 무용
가 최승희.

인정이 넘치고 마음 한구석에는

1930년대 초반, 당시 풍속에 따라 사람들은 새해를 맞으면 초사흘날까지 어떤 형태의 장사도 하지 않고, 음력 보름날까지 반달 동안 바깥 출입도 삼갔다.

새해 아침 영랑이 세배를 드리러 새벽 조용한 저자(새벽시장을 말함, 현 강진읍 시장통)를 지나는데 남루한 옷을 입은 농부가 나무를 가득 실은 지게를 내려놓고 손님을 기다리고 있지 않은가! 너무도 처량한 표정의 이 농부에게 영랑은 무슨 피치 못할 사정이 있나 보다 하고 부드러운 어조로 그 사연을 물었다.

"아니, 오늘 설날 아니오?"

이 농부는 울상을 지으며 말했다.

"집에 미역도 쌀도 아무것도 없는디 어저께 밤 산고(부인이 분만함)가 들었어라우. 촛국밥(강진 방언: 분만 후 산모의 첫 식사) 끓여 줄 것이 없어서……."

농부는 더 말을 잇지 못했다.

이 말을 들은 영랑은 더 할 말을 잃었다. 세배를 뒤로 미루고 이 농부에게 나뭇짐을 지게 해 집으로 데리고 와서 나무 값 두 배를 쥐어 준 다음 쌀 두 말을 지게에 실어 보냈다고 한다.

말술을 사양하지 않았던 주량

강진읍에는 평소 영랑이 가장 아끼던 후배 차형환(1918~1968, 목포 우리고운피부과 차승훈 원장 부친)과 조카뻘 되는 강진읍의 유일한 승마 기수 김현장(1917~1981, 서예가이며 김승희 화백의 부친) 등 두 청년이 살고 있었다.

이들은 비록 강진의 시골 청년들이었으나 대학생 시절

도시 출신의 여러 라이벌을 제치고 고려대 전신인 보성전문학교 응원단장과 일본 법대의 응원단장을 지낸 특이한 거물급 젊은이들이었다.

평소 술을 즐기던 차 청년은 집에서 보통 두 말씩 막걸리를 빚었는데 그때마다 다른 친구들은 제쳐놓고 '영랑 선생님'만 초대해 문학, 음악 등 예술과 조국의 운명 등에 관한 이야기를 들으며 그 술이 바닥이 날 때까지 대작했다고 한다.

거나하게 취해서 귀가한 영랑은 그때마다 기분이 아주 좋아져서 두 팔을 벌려 춤을 추며 우렁찬 바리톤의 구성진 목소리로 오페라 카르멘의 아리아 '투우사의 노래'를 원어로 부르곤 했다.

광복군 군자금을 돕고

백범 김구

가 윤봉길 의사의 상하이 훙커우(虹口) 공원 폭탄 투척 사건
배후로 지목돼 체포령이 내린 가운데 도피하여 일시 귀국
했다. 김구는 단 하루도 쉬지 않고 전국을 돌며 광복군 군
자금을 모으다 강진까지 왔다.

백범은 제일 먼저 당시 조선에서 여섯째 부자로 꼽히던

강진 동문안의 4만석꾼 김 아무개에게 큰 기대를 안고 찾아 갔다가 예상 밖의 냉대를 받고 크게 실망해서 발걸음이 무거웠다.

그러나 백범은 4·4 강진 의거를 이미 알고 있었기에 분명 동지들이 있음을 확신하고 다시 허탈한 발길을 군동 김경묵(1914~1992, 현 김재철 동원그룹 회장 부친) 댁으로 돌려, 그 집에서 베푸는 점심을 들고 또 광복군 군자금도 받아 용기백배했다.

이어 백범은 같은 마을의 오원석(1899~1972, 전 외교관 오세주 대사의 부친), 읍내의 '탑골 꼭대기 집(영랑 생가 별명)' 에 사는 청년 시인 영랑, 서문안의 오승남(1899~1982) 과 김안식(1896~1960) 등을 잇달아 찾아 예상했던 액수보다 많은 자금을 확보함으로써 첫 나들이에서의 실망을 어느 정도 떨쳐낼 수 있었다.

광복 직후 백범은 외세(미·중·러)의 지배에서 벗어나 나라를 세우고자 전국 순회강연을 하면서 강진에 다시 들렀다. 현 강진읍 우체국 남쪽에 있던 광장(당시 일본인 초등학교였던 동국민학교 운동장)에서 강연을 하던 중, 10여 년 전(1933년경) 자신이 강진에 들렀던 때의 일을 회상하면서 그때 국내 애국자들의 열렬한 협조가 없었다면 임시정부 광복군의 활동은 불가능했다며 감격했다.

또 백범은 강진에 오는 도중에 길가에 큰 바위(샘바위)가 있었는데 그 바위를 돌아오면서 "내가 살아서 이 바위를 다시 볼 수 있을까?" 하며 나라 잃은 슬픔에 눈시울이 붉어졌다고 회고했다. 그러면서 "그 바위를 비롯해 강진의 아름다운 산천, 특히 모금을 적극 도와주었던 당시 강진의 애국동지들을 다시 만나게 되니 감개무량하다."라고 털어놓았다.

평생 입에 대지 않았던 밀가루 음식과 떡

부모님의 결정에 따라 영랑은 열네 살(음력으로 15세)에 네 살 위의 규수(김은초, 1899~1917)를 만나 결혼했으나 불과 1년여 만에 소생 없이 상처하면서 그 충격으로 몇 편의 시를 남긴다.

생가 사랑채와 정구장 사이의 돌담(현재는 없어짐) 앞에
앉아 사상에 잠긴 영랑(1935년).

쓸쓸한 뫼 앞에 후젓이 앉으면

마음은 갈앉은 양금줄같이

무덤의 잔디에 얼굴을 부비면

넋시는 향맑은 구슬손같이

　산골로 가노라 산골로 가노라

　무덤이 그리워 산골로 가노라

　이제 사춘기에 들어선 나이 어린 소년에게 첫 아내의 죽음은 이 세상에서 가장 사랑하는 누이의 죽음처럼 청천벽력 바로 그것이었으리라. 그리고 만 8년이 흐른 1925년, 영랑은 개성 호수돈여고 출신인 안귀련(1906~1989)과 재혼했다는 사실은 앞에서 밝혔다.

　당시 불편했던 교통 문제와 집안 여건으로, 영랑은 재혼 후 몇 해가 지나서야 강진 집에서 천 리가 훨씬 넘는다는 처가를 찾게 되었다. 처가 식구들은 평생 가장 귀한 손님을 맞은 듯 반겼음은 물론이다.

그러나 처가에서는 진종일 차에 시달려 전신이 피곤한데다 시장기마저 들어 괴로워하고 있는 이 귀한 손님에게 끼니때가 훨씬 지났는데도 식사를 대접할 줄을 몰랐다. '설마 밥 한 끼 안 줄 리가 없겠지.' 하고 더해가는 시장기를 누르며 기다리는데 이윽고 밥상 들어오는 소리가 들렸다. 그제야 영랑은 한숨을 놓았다.

새하얀 앞치마를 두른 처제와 처남댁이 문을 열더니 처제가 수줍은 얼굴로 "오늘 형부께 개성 특별 요리를 대접하려고 이곳의 유명한 만두를 빚느라 시간이 너무 많이 걸렸어요. 죄송해요. 시장하실 텐데 얼른 드세요." 하며 공손히 인사를 했다. 이 말을 들은 영랑은 한숨을 내쉬었다.

'뭐라고? 밀가루 음식이라고?'

개성이라면 쌀 말고도 밀가루 음식인 만두가 귀한 손님 대접용으로 많이 쓰인다는 사실쯤은 알고 있었으니, 사전에 밀가루 음식을 먹지 못한다는 사실을 처가에 알렸어야 했는데 그러지 못한 영랑은 난감했다.

'이를 어쩐다? 아무리 개성 특별 요리라 해도 내게는 알레르기를 일으킨다면 그게 무슨 의미가 있겠는가?'

그렇다고 이제 와서 그 오랜 시간 수고한 처가 식구들에게 무슨 얼굴로 "나는 밀가루 음식을 먹어 본 적이 없소. 옛날에 한번 맛봤다가 너무 역겨워 죽는 줄 알았소."라고 말할 수 있단 말인가?

수줍음이 많던 영랑은 처제나 처남댁과는 대화 한번 제대로 못 해본 사이. 어느샌가 시장기는 사라졌고, 이 난국을 어떻게 타개해야 할지 고민에 고민을 거듭하느라 숟가락 한번 들지 못한 채 끙끙거렸다.

한참 후, 식사가 다 끝났을 시간이라 생각했는지 다시 문이 스르르 열리더니 숭늉을 들고 처제가 들어왔다. 그런데 이게 웬일인가. 형부의 손이 밥상을 들여왔을 때나 다름없이 얌전히 양 무릎 위에 얹힌 채 꼼짝 않고 있는 데다, 음식을 든 흔적이 없지 않은가! 밥상 위의 음식에 손도 대지 않은 것이다.

'어머, 이 일을 어쩐다? 만두를 드실 줄 모르는 형부의 식성을 몰랐구나.'

그제야 감을 잡은 처제는 집안에 단 한 분뿐인 형부께 부끄럽고 황송해서 상기된 얼굴로 "만두를 못 드실 줄은 전혀 몰랐기에 저지른 실수였습니다. 곧 밥을 지을 테니 시장하시더라도 조금만 참아 주세요." 하며 황급히 처남댁을 불러 상을 들고 부랴부랴 부엌으로 나갔다.

등줄기에는 식은땀이 흐르는데 영랑은 오히려 처가 식구들에게 미안해서 어쩔 줄을 몰라 하면서도 달리 할 말이 없었다.

그 후 처제 되는 분은 친정을 찾은 언니(영랑의 부인)를 보고 당시 일을 자세히 설명하면서 "그때는 쥐구멍에라도 숨어 버리고 싶은 심정이었다."고 끔찍했던 당시 상황을 회상했다.

　영랑은 어려서부터 쌀밥과 보리밥만 먹고 평생 밀가루 음식과 떡은 입에 대지 않았다.

음악을 향한 정열과 집념

독립만세

사건으로 감옥에 있던 영랑은 출옥하자 일본으로 건너가서
도쿄 음악대학 성악과 진학을 꿈꾸었다. 웅장하면서 타고
난 풍부한 성량, 음악에의 예리한 감각과 자신감 그리고 주
체할 수 없을 만큼의 음악을 향한 열정으로 음악도가 되기
를 진심으로 바랐다고 한다.

그러나 당시의 사조대로 영랑의 부친은 성악가를 ‘광대, 요즘 말로 딴따라’로 취급했기에 결사반대했다. “집안의 장남이 광대가 되다니. 네가 계속 성악가가 되겠다면 학비를 끊겠다.”라는 부친의 완고함에 영랑은 결국 성악가의 꿈을 접을 수밖에 없었다.

비록 성악가의 꿈은 실현되지 않았지만 영랑은 평생 음악 속에서 살았다. 레코드에 실린 서양 클래식 음악과 각종 국악을 망라한 음악 감상과 바이올린, 거문고, 가야금 연주 등은 영랑의 일상생활이었다. 영랑이 부르는 남도 판소리는 당시 명창들도 놀랄 정도였다. 또 거문고, 가야금, 북, 양금의 연주 실력은 전문가를 뺨치는 수준이었다.

당대의 명창 임방울, 박초월, 이화중선, 이중선, 임유앵, 임춘앵, 김소희, 박귀희 등 국악의 대가들이 영랑의 초청으로 강진 생가를 방문해서 영랑의 북 장단에 맞춰 소리를 했는데 이 명창들은 저마다 빼어난 영랑의 북 연주 실력을 믿고 고수를 데려오지 않았다고 한다.

그분들 앞에서 영랑은 흥에 겨워 틈나는 대로 거문고나 가야금을 탔는데 그때마다 명창들은 그 실력에 혀를 내둘렀다. 영랑이 북채를 들어 흥겹게 명창들의 판소리에 장단을 맞추다가도 '육자배기', '자진육자배기', '삼산은 반락', '개구리타령', '흥타령' 등이 흘러나올라치면 북채를 얼른 내려놓았으니 훗날 그 이유를 묻는 가까운 벗에게 "그런 속된 판소리에는 격 높은 고수들은 손을 대지 않는 법."이라고 했단다.

영랑이 가장 잘 부르던 노래는 황진이의 평시조 '청산리 벽계수야 수이감을 자랑마라' 였다. "실버들처럼 능청거려 휘늘어지는 한국의 정서와 멋을 완전히 자기 것으로 소화해서 지닌 서정시인이 이 나라 시인 중에 영랑 말고 또 있는지 아직 들어 본 적이 없다."던 평론가 이헌구의 말이 떠오른다.

이렇게 영랑은 서양음악뿐 아니라 특히 국악에 대한 깊은 이해와 조예를 갖고 있었다. 그 덕분에 시의 언어를 음

률화해서 시를 낭송할 때면 노래를 부르는 듯 착각하게 만
드는 시인이었다.

　미당 서정주는 문학 선배 영랑에게서 들은 얘기라면서
"언니 이화중선(1898~1943)보다 아우 이중선(1900~?)의
소리가 촉기 있다."라고 해서 자신도 두 자매의 판소리를
감상해 보았더니 역시 그렇더라고. 영랑의 셋째 아들인 현
철이 대학시절 한 학기의 학비를 도와준 미당을 공덕동 자
택으로 인사차 찾았을 때 이렇게 회고했다.

　원래 '촉기'라는 단어는 생기 있고 재치 있는 기상이라
는 뜻이지만, 촉기가 무엇이냐는 미당의 질문에 영랑은
"같은 슬픔을 노래하면서도 그 슬픔을 딱한 데에 떨어트리
지 않는 싱그러운 음색의 기름지고 생생한 기운을 말하는
것."이라고 대답하더란다.

　영랑은 종종 어린 자식을 네 살 무렵부터 초등학교 입
학 전까지 무릎 위에 앉히고 베토벤, 브람스 등 서양 고전
음악을 비롯해서 거문고와 가야금산조, 춘향전, 흥부전,

토끼전, 적벽가, 쑥대머리(춘향가 중) 등 국악을 함께 감상했다.

영랑 생가 사랑채의 한 방에는 레코드 앨범이 산더미처럼 쌓여 있었다. 지금은 CD 하나에 다 들어가지만 당시는 레코드 중에서도 길다는 LP판이라는 게 한쪽 면이 5분밖에 안 되니 앞뒤 다 해서 겨우 10분이었다. 베토벤의 9번 교향곡처럼 장장 1시간 11분이나 되는 긴 곡은 레코드 7장을 한 개의 앨범으로 묶어야 교향곡 하나를 들을 수 있는 시대였다.

그 밖에 수십 명의 세계적인 작곡가들 작품에다 국악판까지 보관하려면 넓은 공간이 필요할 수밖에 없었다.

서울에서 러시아의 세계적인 베이스 가수 표도르 샬리아핀, 바이올리니스트 미샤 엘만 등의 공연이 있을 때는 물론이고, 도쿄에 세계적인 교향악단이 오거나 20세기 최고의 테너 가수 엔리코 카루소가 왔을 때에도 영랑은 어김없이 논밭을 팔아서까지 배편으로 도쿄까지 다녀오곤 했다.

그래서 당시 친구들은 영랑이 서울에 나타날 때면 이번에
는 무슨 음악회가 열리느냐고 물을 정도였다고 한다. 그때
만 해도 비행기 여행은 생각지도 못할 시절이었으니 음악
감상을 위해 배를 타고 도쿄까지 왕래하던 영랑의 열정에
감탄할 뿐이다.

내 가슴 속에 가늘한 내음

애끈히 떠도는 내음

저녁 해 고요히 지는 제

먼 산 허리에 슬리는 보랏빛

오! 그 수심 뜬 보랏빛

내가 잃은 마음의 그림자

한 이틀 정열에 뚝뚝 떨어진 모란의

깃든 향취가 이 가슴 놓고 갔을 줄이야

1930년 《시문학》 2호에 실린 이 시를 시인 정지용(1902~1950)이 다음과 같이 평했다.

"시도 이에 이르러서는 무슨 주석(註釋)을 시험해 볼 수가 없다. 다만 시인의 오관(五官)에 자연의 광선과 색채와 방향(芳香)과 자극이 교차되어 생동하는 기묘한 슬픔과 기쁨의 음악이 오열(嗚咽)하는 것을 체감(體感)할 수밖에 없다."

때마침 생가 사랑채에서 부인과 함께 있던 영랑은 이 평론을 접하면서 얼굴에 미소를 머금었다고 한다. 이 평론이 결코 불쾌한 내용이 아니었다는 뜻이리라.

● 한국 현대시 역사에 한 획을 그은 시문학파 동인들. 김영랑, 김현구, 박용철, 변영로, 신석정, 이하윤, 정인보, 정지용, 허보 등 9인의 동인 중 김현구, 신석정, 허보 등 세 분은 사진에 없음.

●● 영랑의 모교인 휘문고 교정에 있는 '모란이 피기까지는' 시비.

「모란이 피기까지는」 명시의 탄생 순간

영랑은 모란이 필 무렵에 맞춰 해마다 생가 사랑채에서 전국의 유명 문인과 문인 지망생들을 초청하여 시 창작 대회를 열었다고 전해진다.

1930년대 초 어느 봄날 열렸던 대회에서, 영랑도 사랑채를 에워싸듯 화려하게 핀 모란을 보며 시 한 편을 썼다.

하지만 그것이 마음에 안 들었던지 공개도 하기 전에 시를 쓴 종이를 손바닥에 비벼 쓰레기통에 던지려 했다.

이를 본 11년 연상의 선배 춘원 이광수(1892~1950, 상하이 임시정부 《독립신문》 발행인 겸 주필까지 지냈으나 1937년 이후부터 적극 친일파로 변절)는 "왜 그걸 버려? 이리 줘." 하고는 그 종이를 빼앗아 읽어 보니 깜짝 놀랄 만한 대작이 아닌가! 그 자리에서 춘원은 그 시를 크게 낭송, 만장의 박수갈채를 받았다. '모란이 피기까지는' 이라는 명시가 탄생하는 순간이었다.

이렇게 후일에 명작으로 빛나는 예술작품 중에는 창작 당시 저자 자신이 그 작품을 과소평가하는 경우가 허다하다. 예를 들어 유명한 제 8번 교향곡(미완성 교향곡)을 작곡한 슈베르트는 4악

영랑의 시 대부분이 탄생한 생가 사랑채. 1943~1997년까지 우아한 기와집이었으나 강진군의 실수로 초가로 바뀜.

높은 곳에서 바라본 영랑 생가 전경(사진작가 김녕만 작품).

장을 다 채우기 전에 3악장 첫 9구절까지 쓰다가 마음에 들
지 않아 원고를 팽개쳤다. 먼 훗날 사가들이 이를 발견하여
슈베르트 사후 37년이 지나서야 첫 공연이 실현되었다.

여기 고은 시인을 7년간 노벨문학상 후보 자리에 올려
놓은, 영국인 한국문학자 안선재 서강대 명예교수(본명
Brother Anthony, 천주교 수사)가 '모란이 피기까지는' 을
영어로 번역한 것을 관심 있는 독자들을 위해 우리말 원시
와 함께 싣는다.

모란이 피기까지는

모란이 피기까지는
나는 아직 나의 봄을 기둘리고 있을 테요
모란이 뚝뚝 떨어져버린 날
나는 비로소 봄을 여읜 설움에 잠길 테요
오월 어느 날 그 하루 무덥던 날

떨어져 누운 꽃잎마저 시들어버리고는

천지에 모란은 자취도 없어지고

뻗쳐 오르던 내 보람 서운케 무너졌느니

모란이 지고 말면 그뿐 내 한 해는 다 가고말아

삼백예순 날 하냥 섭섭해 우옵네다

모란이 피기까지는

나는 아직 기둘리고 있을 테요 찬란한 슬픔의 봄을

Until Peonies Bloom

Until peonies bloom

I just go on waiting for my spring to come.

On the days when peonies drop, drop their petals,

I finally languish in sorrow at the loss of spring.

One day in May, one sultry day

when the fallen petals have all withered away

and there is no trace of peonies in all the world,

my soaring fulfillment crumbles into irrepressible

sorrow.

Once the peonies have finished blooming, my year

is done;

for three hundred and sixty gloomy days I sadly

lament.

Until peonies bloom

I just go on waiting for a spring of glorious sorrow.

안선재 교수의 《영랑시 전편》의 영어 번역판은 2010년 3월 말에 미국의 '머원아시아' 출판사에서 출판되었다.

일제의 창씨개명, 신사참배, 단발령에 불복

영랑의 장남과 장녀가 각각 서울과 광주에서 유학 중일 때의 일이다. 당시 이 두 남매는 일본 정부의 명령을 거부하고 광복의 그날까지 조상이 물려준 이름을 그대로 유지했다.

학교 기숙사에 있다가 방학 때가 되면 어김없이 학교 측은 이 두 남매를 불러서 이번에도 창씨개명을 하지 않으

● 금강산 비로봉에서, 가운데가 영랑.
●● 경주 분황사에서, 맨 왼쪽이 영랑(1940년).
●●● 충남 보령시 주산면 삼곡리 명덕산 삼각봉에 이양우 시인이 사재로 세운 영랑 등 항일민족시인 7위 추모분향단.

면 새 학기에는 학교에 돌아오지 못한다고 아버지께 말씀 드리라며 협박을 했다.

창씨를 하지 않는 이유를 알 길이 없던 어린 자식들은 아버지 영랑에게 이번에 창씨를 안 하면 다시는 학교에 가지 못한다고 울며 보챘다. 그때마다 아버지 영랑은 아무것도 아니란 듯이 "응, 그래. 다음에 일본 성으로 바꾼다고 그래라." 하며 뒤로 미루었고 자식들은 아버지를 두고두고 원망할 수밖에 없었다.

일본 경찰이 조선인 가구주들에게 성을 일본식으로 개명하라고 강요할 때면 영랑은 "내 성명은 김윤식이다, 일본 말로 발음하면 '깅인쇼쿠'다, 즉 나는 '깅씨'로 개명했다." 라며 당당히 대응했다.

셋째도 초등학교 시절에 "병신, 우리는 모두 이름이 네 글자인데 너는 왜 세 글자뿐이지? 깅(김)겐(현)데쓰(철)가 뭐냐?"며 친구들에게 놀림을 받고 창피해서 얼굴을 붉히던 기억이 난다.

그 당시 강진에서는 매주 토요일이면 어김없이 경찰서 고등계(요즘은 정보계라 함) 형사가 찾아와 영랑 생가 사랑채 대문 기둥(이 사랑채 문간채는 아직 복원되지 않음)에 있는 순찰함에 영랑이 집안에 있는지를 확인하는 도장을 찍었다. 이미 독립운동으로 감옥에 갔다 온 전과가 있어 혹시 경찰이 모르는 사이에 영랑이 또 빠져나가 독립운동에 가담하지 않았을까 하는 의심을 지울 수 없었기 때문이다.

형사는 순찰함에 도장을 찍고 안으로 들어와서 또 영랑을 협박하기도 했다.

"내일은 일본 전 국민이 신사참배를 하는 일요일이다. 당신도 내일 신사참배를 하러 나와야 한다."

이럴 때마다 영랑은 그럴 듯한 핑계로 위기를 모면했다.

"내가 설사병이 나서 하루에도 수차례씩 설사를 하는 것을 알면서도 신사참배를 갔다가 도중에 설사를 하면 신성한 신사를 모독했다고 또 나를 감옥에 집어넣을 것 아니냐? 그래서 나는 못하겠다."

　그 말이 거짓이라는 것을 알면서도 증거가 없으니 또 다시 형사는 씁쓸하게 웃고 떠나곤 했다.

　또 그 당시는 일본인, 조선인 남성들은 모두 일본 정부의 단발 명령에 따라야 했다. 머리를 기르는 것은 일본 천황에 대한 ‘결례’라는 것이 그 이유였다. 하지만 영랑은 광복되는 날까지 끝내 장발로 버텼다.

　이러한 영랑의 항일 자세와 ‘거문고’, ‘독을 차고’, ‘춘향’, ‘두견’ 등 일제 말기에 속속 발표한 저항시를 기억해 온 이양우 시인은 사재를 털어 2009년 가을, 고향인 충남 보령시 주산면 삼각봉에 항일민족시인 추모 공원을 만들고 한용운, 윤동주, 이육사, 김영랑, 오일도, 이상화, 심연수를 기리는 ‘항일민족시인 7위 분향단’을 마련했다.

아빠의 애틋한 사랑 담아
「딸에게」 보낸 편지

다음에 소개하는 글은 1964년부터 1969년까지 국정교과서 고등학교 2학년용 《고등국어 2》 10~12쪽에 실린 '애노에게' 라는 제목의 편지다. 광주에 있는 모 여중에 유학 중인 맏딸(애로, 1926~1996)에 대한 아버지의 애틋한 사랑을 잘 표현하고 있다.

그러나 당시 교과서는 문장에만 치중하고 작자를 중요시하지 않아서 이 편지를 누가 썼는지 밝히지 않았다.

영랑의 시는 '모란이 피기까지는', '내 마음을 아실 이', '돌담에 소색이는 햇발같이' 등 여러 편이 교과서에 실렸지만, 산문으로는 '두견과 종다리' 등 21편 중 유독 광주에 유학 중이던 맏딸에게 보낸 이 편지만 소개되었다. 모두 87편의 시 이외에도 영랑은 세 편의 번역시를 남기고 있다.

이 편지를 소개하는 이유는 다른 산문들은 여러 학자들이 인용해서 많이 알려져 있으나, 이 편지는 교과서에 한 번 나온 이후 거의 알려지지 않았기 때문이다.

여기 교과서에 실린 글 중 '딸에게'가 영랑의 편지로, '애노'는 딸 이름 '애로'의 잘못이다. 사랑 애(愛), 이슬 로(露) 자를 쓰는데 한때 톨스토이, 푸시킨, 고골, 도스토옙스키, 체호프 등 러시아문학에 심취했던 영랑이, 당시 러시아를 '로서아(露西亞)'로 표기했기에 맏딸 이름을 '애로(愛露)'라고 지은 것이다.

즉, 이 이름은 '이슬을 사랑하다'가 아니라, '로어문학을 사랑하다'가 영랑의 뜻에 더 가깝다. 또 '현구' 역시 동향 출신 '시문학파' 동인으로 영랑의 조카뻘 되는 '현구'의 오자임을 밝혀 둔다.

딸에게

애노 읽어라.

그동안 객지에서 고생이 어떠하냐? 몸이나 성하냐?

어제 네 편지를 읽고 멀쩡한 일에 네가 어린 마음을 공연히 죄고 있는 것을 알았다. 기숙사 밥이 먹기 사납다고 어느 학부형이 편지질을 했더란 말이냐?

엄마 아빠는 절대로 그런 편지를 아니 할 사람이니 걱정 말아라. 사(舍 : 기숙사를 말함)밥이 설령 좀 나쁘더라도 참고 맛있게 먹을 도리를 해 보아라. 그것이 첫째 큰 수양이 되는 것이다.

요새 비가 너무 아니 와서 농촌에서는 큰 야단들이다. 집에 아이들도 잘 있다. 외숙 댁에나 일주일에 한 번쯤 가 뵈어라.

이번 네 편지 보고 엄마 아빠는 웃었다. 本第入納(본제 입납: 자기 집에 편지할 때 겉봉투의 배달될 주소에 자기 이름을 쓰고 그 밑에 쓰는 말)의 '納(납)'을 '紙(지)' 자로 썼구나. 이담부터 고쳐 써라.

외삼촌은 외숙님이라고 써 버릇해라. 하식이 삼촌은 숙부이시고 익환이 삼촌은 외숙이시다.

한자를 조심해서 써라. 안 쓰는 것과 잘 못 쓰는 것과는 문제가 처음부터 다르다. 아버지가 요새 좀 바빠서 너한테 못 간다. 그러나 너무 집 생각만 하여서는 안 된다. 무엇보다도 공부, 공부가 아니냐!

그리고 병후의 몸이니 특히 몸조심하여라.

참, 잊은 말이 있다. 아버지는 헌구(영랑의 조카뻘 되는 시인 현구의 잘못) 오빠와, 이 며칠 새에 지리산엘 가기로 작정했다. 작년에는 한라산에 갔다 오지 않았니! 서울 정(정지용 시인을 뜻함) 선생이랑 올해는 지리산이다.

한라산보다 높고 깊고 넓기는 오히려 더하다는 지리산. 아버지가 짧은 양복바지에 루크새크(rucksack:배낭)를 메고 올라가면 사흘이면 갔다 온다.

비를 만날까가 좀 염려지마는, 상봉에 오르면 전라 경상 사(4)도가 눈 아래 있다 하니 장엄하지 않겠느냐?

명산 순례를 아버지 맘 때 아니하면 늙어서는 할 수 없다. 백두산만 가 보면 아버지의 소원이 다 이루어지지마는, 그곳은 더 큰 계획이 서야 가는 데이니, 이삼 년 뒤로 미루기로 한다.

　지리산에 대한 지리, 사적, 아버지가 잘 조사해다 일러
주마.

　오늘은 이만 줄인다. 부디 몸조심하여라.

축구와 정구로
몸을 다지고

휘문의숙
(현 휘문중고교) 시절 축구선수였던 영랑은 정구(현 테니스보다 공이 말랑말랑한 연식정구)에도 굉장한 실력가였다.

집안이 경제적으로 여유가 있었던 영랑은 강진 생가 사랑채 동쪽에 정구 코트를 만들고 시간 나는 대로 친구들과 정구를 즐겼다.

당시에는 도쿄에서 서울을 거쳐 전국의 시골로 정구 기술이 전수되는 게 상례였는데 강진의 경우에는 도쿄 유학생인 영랑이 친구들과 후배들에게 직접 기술을 전수, 그 덕분에 강진 청년들의 정구 실력은 전국적으로 최고 수준이었다고 한다.

그런 인연 때문인지 영랑의 고향 정구계의 후배인 전 중앙의원장 김영배 박사가 1949년 대한체육회 주최 전국대회와 서울대 약대 주최 전국대회에서 각각 우승하는 기염을 토했다. 당시 강진에는 정구 코트가 현재 군청 청사 서쪽과 영랑의 생가 두 군데밖에 없었다.

영랑은 이 밖에도 등산에 취미가 있어서 문우 정지용(1902~1950), 박용철(1904~1938), 김현구(1904~1950) 등과 금강산, 한라산, 지리산 등에 오르곤 했다.

일본이 제2차 세계대전에 깊이 빠져들면서 조선인에 대한 탄압이 더욱 심해지고 또 광복 후에는 영랑이 새 나라

건국에 여념이 없었던 상황으로, 생가 코트에서의 경기는
1941년 이후 다시는 볼 수 없었다.

아들 자랑하던
삼불출?

1940년대
서울의 경복중고교는 전국적인 명문교였다. 서울은 물론
지방의 수재들이 많이 모여들었다. 영랑의 맏아들 현욱
(1928~1989)이 경복중학교에 합격했다. 평소 자식들에게
엄하기로 소문난 아버지 영랑이었으나 그 기쁨을 말로는
다 표현할 수 없었던지 중학생이 된 장남을 등에 업고 주위

사람들에게 "이놈이 서울 경복중학에 합격했소!" 하고 자랑을 했다는 것이다. 이때 마을 사람들은 영랑에게 이런 면이 있음을 처음 보았다고 한다.

　서양에서는 자기 자랑, 마누라 자랑, 자식 자랑이 일반화되어 있지만, 우리 풍토에서는 이런 사람들을 일컬어 '삼불출(三不出)'이라 하니 영랑도 결국 삼불출이 되었다. 영랑도 평범한 가장이었음을 보여 주는 대목이다. 맏아들 현욱은 국문학을 전공하고 오랫동안 고등학교 국어 교사로 있었다.

20년 된 소작인에게 농토 무상 증여

1943년 봄 어느 날, 사랑채 마루에서 흰 바지저고리를 입은 백발 노인이 왼손에 흰 서류를 들고 젊은 영랑 시인에게 큰절을 올리는 것을 본 영랑의 어린 아들(당시 초등학생)은 눈이 휘둥그레졌다. 노인이 왜 젊은 아버지에게 큰절을 할까 하고 놀랐던 것이다.

영랑의 부친 김종호의 송덕비.

궁금해 못 견딘 이 소년은 저녁 때 안채로 들어가 어머니께 이 사실을 알리면서 어떻게 된 일인지를 여쭈어 봤다. 어린 아들이 놀랄 만하겠구나 싶었던지 어머니는 빙그레 웃으며 다음과 같이 설명해 주셨다.

"20년간 우리 논 네 마지기(약 800평)를 소작해 온 노인이시란다. 그렇게 긴 세월 소작을 해 오셨으니까 아버지가 그 땅을 전부 그분 앞으로 명의 변경해서 땅문서를 드렸단다. 그랬더니 너무 고마워서 그 노인께서 그렇게 큰절을 하신 거란다."

이런 일이 그 후로도 몇 번 더 있었다.

영랑의 이러한 자세는 일찍이 조상으로부터 물려받은 것으로 보인다. 영랑의 할아버지 김석기(金奭基, 1851~1922)는 1906년(병오년) 당시 흉년이 들자 강진군 작천면 주민들에게 식량을 풀었다. 이후 주민들은 삼당리에 보정안민비(輔政安民碑)를 세웠다. 오랜 세월이 흐르면서 지금은 그 비석의 흔적을 찾을 길이 없고 집안 족보의 기록에만 남아있다.

또 영랑의 아버지 김종호(金鐘湖, 1879~1945) 역시 1911년(신해년)에 가뭄으로 흉년을 맞은 칠량면 주민들에게 식량을 풀어, 주민들은 동백리에 영구기념비(永久紀念碑)를 세웠다. 100년 가까이 되는 지금, 비석 가운데가 토막 난 것을 수리해서 칠량면사무소 앞뜰에 보존하고 있다.

자식에게는 호랑이 같았던 아빠

1944년 봄, 영랑의 셋째 현철(1935~)이 초등학교 3학년 무렵의 일이다. 생후 단 한번도 화투짝을 구경한 적이 없는 데다 화투라는 단어조차 들어 본 적이 없었던 셋째는 귀갓길에 친구 집에 잠깐 들렀다가 친구의 책상 위에서 화투짝을 보았다.

처음 보는 그림이라 친구에게 "뭔데 이렇게 예쁘지?"

셋째 아들 현철을 안고 있는 영랑(1939년).

하고 물었다. 친구는 "응, 화투의 공산이라는 거야. 갖고 싶으면 가지고 가."라고 했다. 셋째는 좋아하며 화투를 가져와 책상 위에 올려놓았는데 공교롭게도 아버지 눈에 띄었다. 뒤에 알게 된 일이지만 영랑 자신이 평생 화투짝을 모르고 살아왔는데 어린 아들놈 책상 위에 화투짝이 있다니!

화가 난 영랑은 "이게 어디서 났느냐?"고 어린 아들을 다그쳤다. 아버지가 왜 화를 내는지 그 이유를 알 길 없는 아들은 사실대로 말씀 드렸다. 영랑은 아무런 설명도 없이 "두 번 다시 이런 것에 손을 대면 안 된다."고 어린 아들에게 불호령을 내리면서 화투짝을 활활 타는 아궁이 불 속에 집어 던졌다. 그 후 자식들은 하나같이 환갑, 고희가 지나도록 화투짝 순서조차 모르는 바보가 되었다.

그러던 어느 날, 셋째는 묵은 사진첩을 뒤지다가 아버지에게 안겨 있는 자신의 모습을 발견하고 눈을 의심했다. "내가 아버지에게 안긴 적이 있었나?"

그 후 셋째는 유독 그 사진을 보물 다루듯 애지중지했

다. 이렇게 형제들이 아버지에게 안긴 모습을 담은 사진은 집안 어디에서도 다시는 찾아 볼 수 없었기 때문이다.

당시 우리나라의 풍속은 유교 전통의 영향으로 어른들 보는 앞에서 손을 잡는다든가 안아 주는 등 처자식에게 애정을 표현하는 것을 금기시했다.

부친의 비석에「朝鮮人」, 상석에「태극」을 새기고

———

　　　　1943년 초, 중풍으로 병석에 누운 영랑의 부친(김종호)은 자신의 장례에 대비해 영면관을 만들어 놓고 이어 비석과 상석을 준비시켰다. 이때 비석의 비문에 '조선인'임을 밝히면 어떻겠느냐는 아들 영랑의 제의에 부친은 "나도 같은 생각을 하고 있었다."며 흔쾌히 받아들였다.

영랑은 남의 눈에 띄지 않도록 석공을 집에 기거시키며 곡식 창고에서 극비리에 비석을 완성했다. 비석에는 '조선인 김종호의 묘(朝鮮人金鐘湖之墓)'라고 새겼다. 이어서 상석에는 선명한 태극을 새겨 넣었다.

영랑은 부친이 돌아가실 때까지 창고 구석에 둔 비석과 상석 위에 곡식 가마니를 얹어 겉에서는 안 보이도록 보안에 만전을 기했다. 만에 하나 일본 경찰이 알면 부자와 석공이 붙들려 가야 하는 상황이었기 때문이다.

그러고 나서 1년이 지나 중증 치매까지 겹친 부친이 1945년 9월 26일에 세상을 떠났다. 영랑의 부친은 자신이 죽기 전에 조국이 광복되리라고는 꿈에도 생각하지 못했던 것이다.

영랑은 미리 마련해 둔 비석과 상석을 곳간에서 꺼내 장지로 옮기면서 자식들에게 "가장 마음 아픈 것은 할아버지가 노망(중증 치매)이 드셔서 우리 조국이 광복된 기쁨을 모르고 돌아가신 것이다. 또 이렇게 광복을 맞을 줄 알았으

● 영랑 부친의 묘와 묘비.
●● 묘지 상석 앞에 새긴 태극.

면 비문에 '조선인'을 넣을 필요가 없었는데 이제 와서 다
시 비문을 고치기도 그렇구나."라고 했다.

감격의 조국 광복!
국악기 동원해 애국가 연주 주도

제2차 세

계대전의 전황이 날로 일본군에 불리해지면서 영랑은 방송
(당시는 경성방송국, 호출부호 JODK, 현재 서울중앙방송
HLKA)을 들으려고 뉴스 시간이면 라디오에 매달렸다.

당시는 라디오 성능이 워낙 나쁜 데다 강진이 난청지역
이었기에 찍찍거리는 잡음 때문에 아나운서의 말이 제대로

전달되지 않았다. 영랑은 그때마다 귀를 라디오에 바짝 대고 잡음 속에서 뉴스를 추려 듣느라 애를 썼다.

일본이 패망하면 만 35년 만에 한국은 일제의 쇠사슬에서 풀려나 독립국가로 다시 일어서는 오랜 꿈이 실현될 날이 다가오고 있음을 영랑은 누구보다도 잘 알고 있었기 때문이다.

드디어 일본 천황이 떨리는 목소리로 항복 선언문을 낭독하는 뉴스가 보도됐다.

'아! 우리 삼천만(당시 남북한 인구) 민족이 꿈속에서마저 기다리던 조국 광복의 날이 오다니! 이게 생시인가 꿈인가?'

뉴스를 듣고 영랑은 감격의 눈물을 흘림과 동시에 자식들이 옆에 있는 것도 의식하지 않은 채 큰 소리로 만세를 불렀는데 그때 시뻘겋게 상기된 아버지 영랑의 얼굴이 65년이 흐른 지금도 눈에 선하다.

그러고서 영랑은 갑자기 사랑채 골방으로 들어가 문갑 깊숙이 숨겨 놓았던 태극기를 꺼내더니 자식들에게 보이며 "이것이 우리나라 국기다. 우리 강진 사람들에게 나눠 주기 위해 이 태극기를 보고 백지에 크레파스로 몇 십 장이건 되는 대로 그려라." 하며 재촉했다. 이렇게 그린 태극기들이 강진 군민들의 손에 쥐어졌다.

이튿날, 국악기를 다룰 줄 아는 분들이 영랑 생가 사랑채로 하나둘씩 모이기 시작했다. 20여 명의 악사들은 영랑이 사랑채 벽장에서 꺼내 주는 북, 장구, 꽹과리, 징, 거문고, 가야금, 아쟁, 해금, 양금, 피리, 퉁소 등 자신이 다룰 줄 아는 악기들을 각자 하나씩 받아 자리에 앉았다. 여름철이라 창문들을 천장 바로 아래 높이 매달아 사랑채 전부가 완전 개방된 넓은 방을 악사들이 빈틈없이 꽉 메웠다.

조금 있더니 풍악 소리가 터져 나왔다. 안익태 선생이 작곡한 현재의 애국가(1948년부터 애국가로 사용하고 있다)가 아니라 광복 직후 1947년까지 애국가로 연주됐던 곡으로, 우리에게는 연말이면 연주하는 영국 민요 '이별의 노래(올드 랭 사인)'로 더 잘 알려진 곡이었다.

그때 영랑의 어린 자식들은 이분들이 사랑채에서 고작 1년에 한두 번 정도 연주한 것이 전부일 텐데 사전 연습도 없이 즉석에서 끝까지 애국가를 연주하는 것을 보며 감탄했다.

악사들이 모두가 한마음이 되어 조국의 광복을 한껏 기뻐하면서 신들린 사람들처럼 연주하던 모습이 지금도 잊히지 않는다.

영랑 생가 사랑채에서 국악 연습 중 기념촬영한 강진 국악 동호인들(1927년).

민심 파악에 서툴러

국회의원 선거에서 낙선

일제 치하

에서 민족 저항시와 서정시로 울분을 달래 오던 영랑은 광
복이 되자 새 조국 재건사업에 일익을 담당하길 열망했다.
자신의 애국열을 불태우려면 중앙 정치 무대에 서야 한다
고 느낀 영랑은 1948년 5월 초대 제헌(헌법을 제정하는) 국
회의원 후보로 나갔으나 낙선하고 말았다.

서울의 친척이 당시로선 아주 드물게 자가용을 가지고 있었는데, 그 차를 내려 보내 선거운동에 활용하도록 했다. 유권자의 8할을 차지하는 농민들을 대변해야 할 국회의원 후보가 자가용을 타는 등 초호화판으로 놀다니! 평소 영랑을 좋아했던 농민들도 순회강연장에 차를 타고 나타나는 영랑을 보고 반발심이 생겼다. 결국 후보자 4명 중 3등, 가장 인기를 못 끈 후보 중 하나였다.

또 하나, 영랑이 낙선의 고배를 마실 수밖에 없었던 큰 이유는 선거 전략의 패배였다. 경쟁 후보의 장남이 장래가 촉망되던 보성전문 재학생이었는데 부친의 선거운동을 돕고자 웅변에 능한 학우들을 8명이나 동원해서 강진군 내 각 면에 배치했다. 이들이 '영랑 낙선'을 목표로 연일 농민들에게 "자가용을 타고 다니는 부자를 당선시켜서는 안 된다."며 순회강연을 계속했으니 혼자 강연을 하던 영랑이 무슨 수로 당하겠는가.

　1년 후인 1949년, 강진의 국회의원으로 당선된 모 씨가 국회의사당(당시 중앙청. 지금은 헐리고 없는 옛 일본 총독부 청사 안에 의사당이 있었음)의 한 건물에서 근무하던 고향 후배인 영랑을 만났다. 그때 그는 영랑에게 "이제 와서 하는 말이네만 강진에서 당선돼야 할 사람은 자네가 아니던가!"라고 했다고 한다.

자식들에게는 문학을 전공하지 말라고

장녀가 이화여전(현 이화여대) 가정학과를 택했을 때 아버지 영랑은 반대하지 않았다. 그 후 장남이 대학에 진학할 때 국문학을 선택하자 이렇다 할 설명도 없이 무조건 반대했다. 이어 자식들에게 대학 진학 때 무슨 과를 택하든 반대하지 않겠지만 문학만은 피하라고 했다.

영랑 자신은 넉넉한 유산 덕분에 평생을 하고 싶은 일을 다하고 살아왔지만 자식들은 이제 유산도 얼마 남지 않은 터에 자활의 길을 열어 주지 않으면 안 된다고 생각했으리라.

그러나 피를 속일 수는 없었던지 자식들은 하나같이 문학에 관심을 가졌다. 그러자 영랑은 한 발짝 물러서서 대학에서 문학을 전공하는 것까지는 이해하지만 문학을 전업으로 삼아서는 안 된다고 강조했다.

5형제 중 가장 미남인 데다 고등학교에서 영어에 특출한 재능을 보인 둘째 아들 현국(1932~2005)이 대학 입시 공부를 할 때 영랑은 아들에게 외교관으로 진출하라고 권유했다.

그러나 6·25전쟁이 일어나 현국은 외교관의 길을 접고 육군 보병 장교가 되었다. 1960년 어느 날 라이만 렘니처 미 육군 참모총장이 용산에 있는 육군본부를 방문했을 때 수많은 통역 장교들을 제치고 현국이 렘니처 참모총장의 통역관으로 발탁되기도 했다. 이러한 영어 실력 덕분에 현국은 이 세상을 떠나기 직전까지 20여 년간 뉴욕 대법원 통역관으로 활약했다.

또 영랑의 넷째 아들 현태(1938~2004)는 프랑스 문학을 전공하고 공군사관학교, 이화여대, 연세대, 단국대 등에서 불문학 교수로 정년퇴직 때까지 교단에 섰고 모파상(Maupassant)의 소설 20여 권을 번역했다.

영랑은 얼마 후 자식들에게 문학 전공을 반대했던 이유를 다음과 같이 설명했다.

"문학을 생활 수단으로 삼고 있는 이른바 전업 문인들 중, 생활비를 제대로 벌어들이는 분들은 전체 문인 중 1퍼센트가 채 안 된다. 그것을 알면서 자식들에게 문학을 전업으로 삼으라고 권할 부모가 있겠느냐?"

이 말을 하며 영랑은 씁쓰레하게 웃었다.

그 자리에서 영랑은 문학 작품으로 제법 수입을 올리는

두어 명과 생활비를 근근이 충당하고 있는 문인들 몇 명을 손꼽았지만 그나마도 소설가만 있을 뿐 시인은 단 한 사람도 없었다.

영랑은 비록 문학을 전공하더라도 문학 활동은 부업으로 삼고 생활을 위해서는 반드시 가르치는 직업이나 다른 직장이 있어야 한다고 강조하면서 문인들 중 수입이 있는 분들은 거의 학교나 신문사, 잡지사, 방송사 등에서 근무하고 있다고 말했다.

영랑은 시문학을 전공한 데다 항일 경력 때문에 광복의 그날까지 이렇다 할 직장을 갖지 못했다. 정확히 말해 생후 첫 직장이 생긴 47세(48세에 별세)가 될 때까지 수입이 없이 지냈으니 생활이 안 되는 문학을 전공한 것을 얼마나 후회했겠는가!

60년이 지난 오늘의 현실도 문학 또는 다른 분야의 예술을 전업으로 삼아 여유롭게 생활하고 있는 예술인들의 수는 극소수를 면치 못하고 있으니 안타까운 일이다.

전 국민이
손꼽아 기다리던 조국 광복의 날이 밝자 강진에도 군민 안
전과 조국 새 정부 촉진을 목적으로 한 '대한청년단'과 '대
한독립촉성회' 그리고 새 정부의 경찰이 파견될 때까지 치
안을 유지할 '치안대' 등 단체들의 지부가 결성되면서 영
랑은 청년단장, 촉성회의 선전부장 그리고 치안대 고문직

을 맡게 된다.

당시 전국 어느 지역이나 마찬가지로 강진 지역도 좌익계의 활동이 활발해서 우익 인사들을 기습, 살해하는 사건 등이 빈번했다.

그러던 어느 날 강진읍 목리 출신의 차형환 청년단 간부(1917~1968, 영랑에 이어 2대 청년단장 역임) 등 청년들이 단장인 영랑을 경호하던 중 생가의 안채와 사랑채 뒤 대밭에서 누군가가 일부러 갖다 놓은 방화용으로 의심되는 물품을 발견하고 이를 경찰에 신고해서 그것이 방화용임을 확인했다.

그리고 경찰은 방화사건을 예방할 방법이 없기 때문에 24시간 청년단원들을 집 주변에 배치해서 경계를 늦추지 말아야 한다고 강조하면서 경찰이 안전을 보장할 수는 없다고 충고했다. 청년단원을 24시간 집 주변에 배치한다는 것도 거의 불가능한 처지였다. 결국 영랑은 신변 안전에 불

서울로 이사한 직후, 신당동 자택에서 찍은 가족사진(1949년).

안감을 갖게 되었다.

평생 무직자로서 유산만으로 살아와 가세가 거의 바닥이 난 마당에 장남, 차남이 서울에서 유학 중인 데다 3남까지 서울의 학교로 입학하게 되니 세 아들의 하숙비 또한 고민거리였다.

일제 강점기 때도 그랬지만, 광복 직후부터는 부쩍 서울에 있는 문인들이 영랑에게 "광복도 되었는데 시골에서 무얼 하나? 이제 그만 서울로 올라와 새 나라 건설에 힘을 모으게나." 하면서 상경을 부추겼으나 그때마다 못 들은 척했던, 그토록 떠나기 싫었던 사랑하는 고향을, 이제는 떠나지 않을 수 없는 지경에 몰린 것이다. 영랑은 며칠을 두고 잠을 설치더니 마침내 서울로 이주하기로 결심했다.

그러고서 불과 한 달, 서울에서 살 집을 마련하기 위해 얼마 남지 않은 전답 등 전 재산을 헐값에 정리한 뒤 가족을 데리고 고향을 떠난 것이 1948년, 셋째가 중학교에 입학

(당시는 9월 1일)하기 직전인 여름날이었다.

영랑이 얼마나 고향을 사랑했는지 그의 수필 '감나무에 단풍 드는 전남의 9월' 일부를 인용해 보자.

"……감이 단풍들어 붉었구려……동백이 십자로 쫙 벌어지면 까만 알맹이 동백이 토르륵하고 빠져 쏟아지는데 풀 위에 꿈을 맺는 이슬같이 구르지요……그 알이 어쩌면 그렇게 고담(속되지 않고 아취가 있는)한가!……달빛이 희고 천지의 오묘하고 신비함이 이 밤 그 나무 그늘 밑에 있는 듯싶습니다……은행이 17년 만에 세 알 열리고……천관산 – 흰 수건 쓴 호랑이 돌아다니시고 그 산 밑에 청자기 굽던 자리가 있습니다."

이 글이 발표된 해가 1938년. 그리고 30년의 세월이 흘러 1968년 강진군 대구면 사당리(현재 청자 박물관 자리)에서 고려 때(12세기)의 청자가 발굴되어 엄청난 화제를 몰고

왔으니 영랑은 이미 이 자리가 청자 도요지였음을 고사를 통해 알고 있었다.

1960년대에 유가족을 찾았던 영랑의 친우 이헌구(문학평론가)는 "영랑이 가끔 고향을 말할 때면, 옛날엔 도자기뿐 아니라 기와까지 구워서 지붕을 청자기와로 단장하고 살던 곳이라고 자랑했다."면서 "그때까지는 강진이 옛날에 그렇게 멋진 곳인 줄을 몰랐다."고 말한 적이 있다.

자작시 낭송 때는 너무도
수줍었던 사람

가을, 영랑의 나이 47세 때, 한국 시문학 사상 가장 성대
했던 자작시 낭송대회가 서울 명동의 문예 빌딩(모윤숙
시인 소유)에서 열렸다. 수십 명의 유명 중견 시인이 참석
한 이 자리에서 시인들은 저마다 자작시 한 편씩을 멋있
게 읊었다.

이날의 프로그램에 따라 영랑의 차례가 오자 동료 후배 시인들은 '찬란한 슬픔'이라는 전례 없는 이중 모순적인 새 시어를 만들어서 인생의 생과 멸에서 오는 슬픔을 초극해 보자는 인생시 '모란이 피기까지는'을 읊을 영랑에게 많은 기대와 관심을 가졌었다고 한다.

그런데 정작 멋있게 흘러나오리라고 잔뜩 기대했던 참석자들은 영랑의 시낭송을 듣고 실망을 금할 수 없었다. 참석자들이 여기저기서 소곤대느라 장내가 웅성거렸다. 그 멋있는 시를, 감정은커녕 중학생이 남의 시를 처음 대하듯이 더듬거리며 읽었던 것이다.

그리고 영랑은 낭송을 다 마치고 아무 일도 없었다는 듯 단에서 내려와 시인들이 자리한 좌석 사이 통로를 통해 뒤쪽 자기 자리로 걷기 시작했다.

앞자리에 앉아 있던 당시 32세의 청년 시인 황금찬(현 93세)은 영랑이 앞으로 지나가자 "선생님, 그 멋있는 시를 어떻게 그리 읊으십니까?" 하고 핀잔 섞인 질문을 던졌다.

이에 영랑은 수줍은 표정을 짓더니 "글쎄, 내 시를 어떻게……나이가 들어가면서 잘 안 되네."하며 변명을 했다.

이어서 뒤쪽으로 가는데 또 청년 시인 박목월(1916~1978)도 한마디 던졌다.

"아이고 참, 선생님도. 아니 그 멋진 시를……."

말이 끝나기도 전에 영랑은 "이 사람아, 무(無)멋이 멋이야. 그런데 내 시를 어떻게……겸연쩍어서 원……." 하며 낯을 붉히더라고 훗날 박목월 시인이 웃으면서 유가족에게 전해 주었다.

육중한 외모와는 달리 영랑의 내심은 이렇게 수줍음이 많았다. 황금찬 시인은 영랑 시인과 대화를 나누었던 유일한 생존 시인이다. 60여 년이라는 세월이 흐른 지금도 그때의 일이 어제처럼 기억이 새롭다고 했다.

이 낭송대회가 끝난 후 청년 시인들과 차를 한 잔씩 나누면서 영랑은 "멋있는 시인이 돼야 한다."고 후배들을 격

려해 주었다고 한다. 황금찬 시인은 영랑 선생이야말로 아주 멋있는 시인이었다고 회고했다.

황금찬 시인은 자신과 가까이 지낸 박두진 시인 같은 중진 문우들과 어울릴 때는 이구동성으로 "한국 시단에서 영랑을 능가할 시인이 없다."고 주장하면서 "만일 아니라고 하는 자가 있으면 공개 토론을 해 보자."라고 할 만큼 영랑의 적극적인 팬 중 한 사람이기도 하다.

이숭원 교수(서울여대)는 훗날 '영랑 계보'를 강의하면서 영랑의 직계 시인으로 서정주와 박목월을 든 바 있다.

만 46년 만에 얻은 첫 직장

광복 후 대
한민국 초대 대통령 이승만의 공보비서관이 바로 영랑의
친구인 시인 김광섭이었다. 이분은 영랑을 만날 때마다 인
재난을 한탄하면서 정부에 들어와 새 나라 건설에 힘을 모
아 줄 수 없겠느냐고 여러 차례 권유했다. 그가 제안한 자
리가 공보처 차장과 출판국장이다.

실제로 일제가 35년 동안 한반도를 강점한 탓에 새 정부가 고위 공무원직을 채울 인재를 찾기가 쉽지 않았다. 며칠 간 친구의 권유를 놓고 고민한 끝에 영랑은 "내 나라라면 어떤 직책인들 봉사하지 못할 이유가 있겠느냐."며 당시 막역한 친구였던 모 씨에게 그가 바라던 공보처 차장을 양보하고 자신은 대한민국 초대 출판국장을 맡기로 결심했다.

끈질긴 항일 자세 때문에 일제의 미움을 사서 평생 제대로 된 직장 한번 갖지 못했던 영랑은 이렇게 해서 생후 47년 만인 1949년 가을에 첫 직장을 갖게 되었다.

영랑 부부의 막내딸 애란과 신당동 집 앞에서(1949년).

영랑의 출

판국장 취임을 축하하는 야유회가 당시 유원지였던 뚝섬 광나루에서 열렸다. 지금은 서울의 복판이 됐지만 당시에는 자연 그대로의 강과 널따란 모래밭이었다.

전 직원이 수영과 게임으로 야유회를 즐기는데 한국 사람들이 모이면 노래하기 마련, 이 자리에서도 부하 직원들부터 노래(유행가, 대중가요)가 시작되었다.

한동안 시간이 흘러 과장급 부하 직원이 영랑에게 "국장님 노래 한번 듣는 게 전 직원들의 소원"이라며 노래 한 곡을 청했다.

영랑은 눈을 지그시 감고 노래를 부르기 시작했는데 예상했던 대중가요가 아니라 황진이의 '청산리 벽계수야…'가 흘러나왔다. 주로 사대부나 선비들이 즐겨 부르던 점잖은 평시조였다.

그 순간 즐거웠던 분위기는 찬물을 끼얹은 듯 사라지고 대중가요를 들을 때와는 판이하게 엄숙하고도 무거운 분위기로 바뀌었다. 직원들은 한 사람도 움직이지 않고 이 '지루한' 시조가 끝나길 기다렸다.

대중가요로 모두가 즐기는데 갑자기 가곡이 나오면 분위기가 확 바뀐다고들 하는데 가곡보다도 더 무거운 시조였으니 이런 경우를 "판을 깼다"고 해도 과한 표현은 아니리라.

영랑은 평소에 살아 온 세계가 그러했고 대중가요로 남과 어울려 본 적이 단 한번도 없었으니 그러한 자리에 어울리는 분위기까지 헤아릴 줄은 몰랐던 것이다.

영랑이 평소 심취했던 음악은 서양 고전과 국악이 전부였고, 그 많은 레코드 중 대중가요는 한 장도 없었다. 그 흔한 '타향살이'니 '목포의 눈물'이니, 심지어 가곡 '봉선화'조차 몰랐던 영랑이었다.

부하 직원들은 이날 신임 국장님과 야유회에서 게임도 하고 노래도 부르면서 서로의 거리를 좁히고 보다 친밀한 관계를 맺길 희망했으리라. 그러나 난데없이 시조가 나오면서 애당초 부하 직원들이 가졌던 희망은 사라지고, 그 후 직원들은 국장님을 대할 때 더욱 엄숙한 자세가 되고 말았다.

영랑이 이
승만 정부에서 근무할 때였다. 당시 셋째(경복중)와 넷째
(서울중) 아들은 중앙청에서 가까운 학교에 재학 중이었다.
그래서 집으로 돌아갈 시간이 아버지의 퇴근 시간과 비슷
할 때면 중앙청에 들러서 아버지 영랑의 전용차로 함께 집
에 돌아가곤 했다. 학교에서 집이 너무 멀었기 때문이다.

눈이 아직 녹지 않은 경복궁 경회루 연못가에서 시상에 잠긴
공보처 출판국장 시절의 영랑(1949년 겨울).

중앙청 안에서 이 중학생들의 눈에 비친 아버지 영랑의
복장은 다른 공무원들과는 딴판이었다. 다른 분들은 당연
히 양복을 입고 출근하는데 유독 영랑은 하루도 거르지 않
고 외출용 한복을 입었다. 안에는 흰 바지저고리, 겉은 언
제나 흰 동정에 검은색 두루마기였다.

당시 중앙청은 친일파 숙청을 못 한 채 옛 일본총독부
의 친일 공무원들을 99퍼센트 재임용했다. 그래서 이들은
항일 경력으로 형무소에 다녀온 데다 항일민족시인, 그리
고 그에 알맞음 직한 한복 차림만을 고집해 온 영랑을 존경
하면서도 한편으로는 두려워했다.

영랑의 한복을 이삼일에 한 번씩 빨고 말리고 다리미질
을 해야 했던 부인 안귀련 여사는 자식들 뒷바라지에 남편
수발까지 한가할 날이 없었다.

대통령 집무실의 일본 병풍을 치우게 하고

영랑이 중앙청에 근무하던 당시, 경무대(현 청와대) 이승만 대통령 집무실에 들른 적이 있었다. 영랑의 눈에 비친 대통령 집무실의 모습은 한마디로 가관이었다. 일본의 유명한 금각사를 그린 대형 병풍이 뒷벽 전면을 장식하고 있었다.

실망한 영랑은 이 대통령께 "각하, 저 병풍은 일본의

일본 교토의 유명한 절 금각사.

유명한 금각사 그림인데 어찌 대한민국 대통령 집무실에 저런 것을 놓아둘 수 있습니까? 외국 사절들이 볼까 두렵습니다."라고 못마땅하다는 듯 발언을 했다.

이때 이승만 대통령은 충격을 받은 듯 눈을 크게 뜨며 말했다.

"아니, 저게 일본 사찰 그림이란 말인가? 누가 그런 말을 해 줘야 내가 알지! 당장 치우도록 사람을 부르게!"

일본 한번 못 가보고 미국에서만 살았기에 이런 걸 전혀 알 길 없었던 항일 정치가 이승만에게, 아첨밖에는 바른 말을 해 주는 사람이 한 명도 없었던 것이다.

온통 '예스맨' 들에게 둘러싸여 독재 체제를 굳혀 가던 이 대통령을 보면서 영랑은 적잖게 실망을 해오던 터였다. 이렇게 해서 경무대 집무실에서 금각사 병풍은 자취를 감추게 되었다.

후에 알려진 사실로는, 이 병풍 속 그림은 일본 마지막

총독 아베 노부유키의 집무실에 있었던 일본의 국보급 미
술품이었다고 한다.

평소 동료

문인들로부터 대인관계가 부드럽고 신의가 있다는 평을 들었던 영랑이 드디어 고향을 떠나 서울로 이사하자 차차 영랑 자택(신당동 290-74)을 찾는 문우의 수가 늘어갔다. 여기에는 어느 친구의 집보다 이 집의 술안주와 음식 맛이 뛰어나다는 이유도 있었다고 문우들은 인정한다.

　박종화(소설가), 이헌구(문학평론가), 서정주(시인), 박목월(시인), 이하윤(해외문학 번역시인), 김광섭(시인) 등 중량급 문인들이 드나들자 당시 대학생이던 영랑의 맏아들 현욱은 엄하기 짝이 없는 아버지께 다음과 같이 조심스러운 질문을 드렸다.

　"아무개 선생은 친일 문인으로 알려져 있는데 아버지께서 그런 분과 교류를 하셔도 좋습니까?"

　대강 이러한 내용이었다.

　자식의 말이 옳다는 듯, 고개를 끄덕이면서 영랑은 조심스럽게 입을 열었다.

　"네 말의 뜻은 알겠는데, 일제 강점기에는 그들에게 협력하지 않고서는 제대로 먹고 살 수 없는 처지인 사람들이 대다수였다. 그런 점을 참작해서 악질 친일파가 아니라면 인재가 태부족한 현실이니 조국의 새 나라 건설에 일꾼으로 일할 기회를 주어야 하지 않겠느냐?"

친구들과 어울릴 때는 항상 상대방의 이야기를 귀담아듣고 나서야 조용히 입을 열어 자신의 의견을 제시했던 신사, 틈만 나면 고전음악 감상에 눈을 지그시 감고 심취했던 선비, 술에 취해 기분이 좋을 때면 양팔을 들어 덩실덩실 춤을 추면서 오페라 아리아를 즐겨 부르던 한량, 누가 이런 영랑에게 과격

한 면이 있을 거라고 생각이나 하겠는가?

1950년 1월 어느 날, 국방부 정훈국(국장 이선근) 측이 문인들에게 군가 가사를 만들어 달라고 요청하는 술자리가 충무로 어느 술집에서 열렸다.

당시 '한국문화단체총연합회(현 예총 전신)' 간부인 문인 10여 명이 함께한 자리에서 이승만 대통령의 공보비서관이던 시인 김광섭은 "한글 맞춤법 중 '없다'를 그냥 발음 나는 대로 '업다'로 쓰는 게 좋으며 '한글 맞춤법 통일안'은 폐지돼야 한다."라는 당시 이승만 대통령의 독선적인 주장을 앵무새처럼 되풀이해 가면서 강조했다.

이 내용은 1933년 당시 '조선어학회'가 발표한 '한글 맞춤법 통일안'이 잘 되어 있어서 이미 국민들 사이에 널리 보급된 후였기에 지식층에서는 이승만의 주장을 역겨워하고 있었다.

그럼에도 이 자리에 있던 다른 문인들은 대통령의 주장

을 끈질기게 대변하는 비서관의 말에 토를 달아서 유익할
게 없다고 생각했던지 입을 닫은 채 꿀 먹은 벙어리 노릇을
했다.

그러나 영랑은 친일파 숙청을 위한 국회 내 '반민족행
위특별조사위원회'에 대한 이승만의 친일파 옹호 자세 등
독선적 행동에 불만을 품고 있던 터라, 친구인 김광섭 공보
비서관이 무조건 대통령을 추종하는 언행을 하자 그만 감
정이 폭발하고 말았다.

영랑은 머리끝까지 화가 났던지 얼굴을 붉히며 벌떡 자
리에서 일어나 "나는 맞춤법 통일안 폐지에 무조건 반대한
다, 이유 같은 건 설명할 가치도 없다."는 말과 동시에 자기
앞의 술상을 순식간에 엎어 버렸다.

이로 인해 옆에 앉아 있던 문인들의 옷에 음식물이 튀
고 엎어진 음식들로 방 안은 수라장이 되었다. 그 바람에
이날 술자리는 완전히 흥이 깨져 모두 자리에서 일어서고
말았다고 시인 박목월은 전한다. 강자의 눈치도 안 보는 순

수하고 순정적인 영랑의 모습을 읽을 수 있는 대목이다.

이 사건이 있기 훨씬 앞서 '한글 맞춤법 통일안'이 공포된 직후인 1934년 봄에도, 서울 종로2가의 일류 요릿집이던 국일관에서 이와 똑같은 일이 벌어졌다.

이 자리에서 문인들은 몇 달 전 조선어학회가 발표한 '한글 맞춤법 통일안'이 너무 까다롭고 불편하다며 티격태격하다 일어난 일이었다고 이하윤(해외문학 번역시인)이 영랑 유가족에게 전해 준 일화다.

아직 한글 맞춤법에 생소한 많은 문인들은 "그냥 소리 나는 대로 쓰면 되지 맞춤법을 만들어 복잡하게 할 필요가 있느냐?"며, 여러 예 중 특히 '가튼 것'을 '같은 것'으로 표기하는 것에 강한 불만을 쏟아 놓았다. 그러나 유독 영랑만은 한글 맞춤법에 적극 찬성했다.

영랑은 "전문가들의 의견을 존중하자.", 또 "'같은 것'으로 쓰는 게 '가튼 것'보다 훨씬 합리적이다."라면서 열을 올렸으나 문우들이 알아듣지 못하자 “에잇!” 하면서 비호처럼 벌떡 자리에서 일어나더니 음식으로 가득 차있는 교자상을 엎어 버렸다. 이러한 내용을 알고 있는 문인들에게는 영랑의 이미지가 ‘과격파’ 일 수밖에 없었으리라.

1950년 1월의 충무로 술집 사건이 있고 나서 3개월 뒤영랑은 취임한 지 겨우 7개월여 만에 출판국장직을 사퇴했다. 1년도 못 채우고 직장을 그만둔 이유는 이승만이 미국에서 데려왔다는, 영랑의 직속 상사인 공보처장이 국장 전결 사항까지 일일이 간섭하면서 영랑의 자존심에 상처를 주었기 때문이다.

또 다른 이유로 그동안 ‘국부(나라의 아버지)적 존재’로 믿었던 이승만 대통령의 독재자적 자세를 알고는 지난날의 존경심이 실망과 반감으로 뒤바뀐 점 등이 크게 작용했다.

순수서정시인, 민족저항시인은 될 수 있었을지 몰라도

조직 사회에서 윗사람에게 잘 보이고 아부도 해야 하는 출
셋길 같은 것은 너무도 모르는 영랑이었다.

악성 베토

벤은 말년의 작품 '현악 사중주 130번'으로, 또 모차르트
는 자신의 죽음으로 작곡을 중단한 '레퀴엠'을 통해 각각
죽음을 암시했던 것으로 사가들은 전하고 있다.

그러나 그건 어디까지나 상황을 꿰뚫어 본 사가들이
추측한 내용일 뿐, 베토벤도 모차르트도 자신들의 입으로

는 죽음이 닥쳐오고 있다는 말을 직설적으로 발언한 적이 없다.

그러나 영랑은 문우의 죽음 앞에서 "다음은 내 차례일세."라고, 분명히 자신의 죽음을 예언했고 그 말대로 얼마 후 유명을 달리하여 문우들을 놀라게 했다.

1950년 6·25가 터지기 두 달 전인 4월 어느 날, 영랑의 휘문의숙(현 휘문중고교) 2년 선배이자 시나리오 작가인 석영 안석주(1901~1950, '우리의 소원은 통일'의 작곡가 안병원의 부친)가 젊은 나이에 세상을 떴다.

이날 서울 교외 망우리의 장지에서 영면관을 마지막으로 묻고 떼를 입힌 후, 문우 10여 명이 묘에 둘러앉아 소주 한 잔씩을 기울이며 고인의 회고담으로 꽃을 피우고 있었다. 이때 난데없이 한 분이 "자! 우리 중에 석영을 따라서 이 세상을 하직해야 할 다음 차례는 누군가?" 하고 질문을 던지자 좌중은 숙연해졌다.

한동안이 지나고 제일 먼저 무겁게 입을 연 사람은 바

석영 안석주 선생 묘 앞에서.
본인의 죽음을 예언한 직후의 영랑(1950년 4월).

로 영랑이었다. 영랑의 입에서는 뜻밖에도 "다음은 바로 내 차례일세."라는 말이 흘러나왔다. 이 말을 들은 문우들은 모두 평소 건강이 좋은 편인 영랑인지라 농담으로 받아들였으나 농담이라 하기에는 그의 표정이 너무도 진지했다.

그 일이 있은 지 5개월 후인 9월에 영랑은 자신이 예언한 대로 세상을 떴다. 그제야 현장에 있었던 문우들은 입을 모아 "영랑이 농담한 게 아니었어!" 하고 바로 엊그제 일만 같은 영랑의 예언을 회상했다.

남북은 면했으나
끝내 북의 포탄에 쓰러지다 —

이승만 대
통령의 결사반대를 무시하고, 미국은 1948년 전투기 한 대
도, 탱크 한 대도 없는 그야말로 방위 태세가 전혀 갖춰지
지 않은 우리 국군에게 국토방위의 임무를 맡긴 채 남한에
서 주한 미군 병력을 일본으로 완전 철수시켰다(《한국전쟁
비화》 1권, 안용현 저).

　1949년 3월, 북한의 대남 침략을 위한 엄청난 군비 증강 실태를 너무도 잘 알고 있던 맥아더 장군(당시 미극동군 사령관)이 미 극동방어선에서 한국이 제외된다는 내용을 암시하는 기자회견을 했고, 이어 1950년 1월에는 애치슨 미 국무장관 역시 "미국의 극동방어선에서 한반도는 제외된다."고 공식 성명(《한국전쟁비화》 1권)을 발표했다.

　그리고 수개월 후인 6월 25일, 김일성은 이제야 무력남침으로 적화통일이 가능해졌다고 확신하고, 그간 남침을 위해 열심히 준비해 온 탱크 242대, 항공기 200대 등을 포함한 어마어마한 군 장비를 총동원하여 전혀 준비가 되어 있지 않은 남한을 침공했다.

　북한군의 남침이 시작되자, 미국은 맥아더나 애치슨이 언제 그런 성명을 발표했느냐는 듯, 아니 북한군이 남침하기를 기다리고 있었다는 듯, 즉각 주일 미군을 출동시켜 전쟁에 개입했다.

　만일 미군의 즉각적인 개입이 없었다면 부산까지의 북

한군 점령은 시간 문제였을 것이다. 그러나 전쟁 피해자의 처지에서 생각할 때, 미군 철수나 맥아더와 애치슨의 성명 같은 것이 없었다면, 그래도 북한이 남침을 강행했을까 하는 아쉬움이 항상 남는다.

휴전이 된 후 당국의 통계를 보면 3년간의 전쟁으로 시인 김영랑을 포함해서 남북한 군과 민간인 등 동포 400만 명이 희생을 당했다. 이렇게 김일성은 민족 역사에 씻지 못할 죄를 짓고 만 것이다.

북한 인민군이 파죽지세로 남진하자, 영랑은 사흘 후인 28일 새벽, 서울 북쪽 창동까지 인민군이 들어왔다는 소식을 접하고 가족과 떨어져 밀짚모자를 깊이 눌러 쓰는 등 농부 복장으로 변장한 뒤 신당동에 있는 친척 김형식 아우(일본 메이지대학 수업, 강진 서문안 출신) 집으로 피신했다.

인민군이 총부리를 들이대고 동네 청년들을 앞세워 영랑을 잡으러 자택으로 침입했던 것이 바로 서울 점령 뒷날

새벽이었으니 영랑은 제때 피신했음이 분명했다.

영랑이 이미 도피하고 없자 인민군은 방 안을 철저히 수색한 끝에 재봉틀 등 중요 가재도구는 물론 쌀 등 각종 식품까지 강탈해 갔다.

"쌀 한 톨도 안 남기고 가져가면 우리 식구들은 뭘 먹고 사느냐?"는 가족들의 울먹임에 이들은 "곧 공화국에서 배급을 줄 테니 걱정 마라."라고 호통을 쳤다. 그러나 그런 일은 한번도 일어나지 않았다.

한반도 적화통일 정책을 지지했던 남로당 계열의 각종 신문, 잡지, 주간지 등을 뿌리 뽑으려고 총력을 다했던 대한민국 공보처 초대 출판국장 경력자니 북한 측으로서는 정치적으로 영랑을 납북 우선순위에 두었을 것이다.

남하하지 못한 서울 시민들은 7, 8월의 찜통더위와 불안한 정세로 숨을 쉬기조차 힘들었다. 영랑은 시국이 답답할 때마다, 후에 피란처로 합류한 아들들을 데리고 찬 폭포

수가 쏟아져 내려오는 세검정으로 나가 남쪽으로 피란하지
못한 문인 몇 분과 피서 겸 상호 정보 교환을 위해 비밀리
에 만났다.

이러한 만남을 통해 전쟁 준비가 전혀 안 된 국군의 상
태에서 미군 완전 철수 감행, 맥아더와 애치슨 성명, 북한
군 남침, 예상 밖의 미군 출동 등 교묘하게 흘러가는 정세
를 분석한 뒤 "서울은 반드시 수복된다. 그러나 병 주고 약
주는 미국을 더 믿어서는 안 된다."는 등의 결론에 이르러
그 자리에 모인 문인들끼리 공감대를 형성했다.

당시 각기 중학교, 고등학교, 대학교에 재학 중이던 영
랑의 자식들은 이러한 문인들의 정세 분석을 귀동냥하고서
야 6·25라는 동족 간의 전쟁이 어떻게 일어났는지를 알게
되었다. 또한 한일 강제병합 당시 '가쓰라-태프트 밀약'에
따른 미국의 역할이 우리나라에 어떤 영향을 주었는지도
훗날에 알게 되었다.

9월 28일 서울을 빼앗긴 지 석 달 만에 국군과 미군이 90퍼센트인 유엔군은 북진을 계속한 끝에 드디어 서울 탈환 작전에 성공했다. 영랑의 집이 있던 서울 신당동 앞길에서도 탱크를 앞세워 북진하고 있었다.

서울 시가전에서 패하고 북으로 퇴각하던 인민군은 쉴 새 없이 서울 시내 민가에 포탄을 날려 희생자가 속출했다. 이때 영랑은 처자식을 비롯해 친척집 식구들과 함께 포탄을 피해 집의 지하 방공호 속에서 지내면서도 틈나는 대로 북진하는 국군의 믿음직한 모습을 보려고 태극기를 들고 잠깐씩 밖으로 나갔다 들어오곤 했다.

오후가 되자 집에 방공호가 없는 이웃 부인들이 북한군의 포탄을 피해 아이들을 데리고 이 집 방공호로 자꾸 몰려들었다. 차차 빈자리가 없어지자 영랑은 이들에게 자리를 양보하고 밖으로 나오는데 하필이면 그때 가까이에 포탄이 떨어지면서 팔과 배 등에 파편이 박혔다.

시내 의사들은 모두 군의관으로 전쟁터에 나가 버리고

군을 피해 조용히 숨어 있던 한 내과 의사를 만나 치료를 부탁했다. 내과 의사의 눈에는 별것 아닌 경상이었다. 그는 고작 살균제 머큐로크롬 정도를 발라 주고 붕대를 감아 주면서 안정하면 며칠 내에 완쾌된다고 했다.

그러나 복부 깊숙이 들어가 박힌 포탄 파편들이 복막염을 일으키며 병세를 악화시켜 영랑은 결국 다음 날인 29일 짧은 인생(만 47세)을 마감했다.

그나마 다행스러운 것은 영랑이 그토록 기다리던 태극기가 서울 시내에 다시 펄럭이는 모습을 확인한 후라는 것이다.

전쟁 중 약탈로 유품 한 점 못 건진 유가족

1950년 말, 다시 무서운 추위(영하 13~18도)가 엄습하면서 인해전술로 밀고 내려오던 중공군과 인민군은 계속 서울을 향해 공격해 왔다. 1951년 새해가 밝으면서 유엔군과 국군은 1월 4일, 서울에서 다시 후퇴의 길을 택했다.

영랑 유가족도 걸어서 꽁꽁 얼어붙은 한강을 건너 피란

길에 오르기 전 중요한 책, 의류, 가재도구 등을 지하 방공호에 보관하고 그 위에 흙을 두껍게 덮어 방공호 자체가 안 보이도록 위장한 후 남쪽으로 떠났다.

1년 뒤 다시 서울이 수복되어 유가족이 서울 집으로 돌아왔으나 그 집은 옛날 살던 집이 아니었다. 지붕, 벽체, 기둥, 대문 말고는 아무것도 없었다, 심지어 마룻바닥까지 다 뜯어가서 완전히 폐가로 변해 있었다.

뒤쪽으로 돌아가 보니 방공호 위를 덮었던 흙이 옆으로 치워진 채 그 안이 훤히 들여다보였다. 역시 그 안에는 썰렁한 곰팡이 냄새뿐 아무것도 남아 있지 않았다. 이렇게 해서 유가족은 1935년에 간행된 첫 시집 《영랑시집》 한 권조차 보존하지 못했다.

유가족은 전쟁으로 폐허가 된 집을 재건할 재정적 능력이 전무했다. 전쟁 중이라 부동산 시세가 제대로 형성되지도 않았지만 생활 방도가 없어서 하는 수 없이 헐값으로 집을 정리하고 그 후 10여 년간을 셋방살이로 전전했다.

평생 처음 당한 가난으로 자식들 중 한 사람을 빼놓고는 대학을 6년에서 8년 걸려 마치거나 그도 못해 중퇴할 수밖에 없었다. 전쟁 후 많은 국민이 그랬듯이 영랑 유가족에게도 이때가 전무후무한 가장 어려웠던 세월로 기억된다.

1966년 어느 날, 영랑이 가장 사랑했던 후배 중 한 분인 시인 박목월(1916~1978, 본명은 영종)이 문학 강좌 녹화를 위해 서울문화방송을 방문했다. 이때 목월은 오랜만에 영랑의 셋째 아들(당시 MBC 기자)을 만나 영랑 시에 관한 의견을 밝혔다. 당시만 해도 영랑의 시가 국민들에게 많이 알려지지 않

있는데, 그래도 목월은 영랑의 시집이 많이 팔리지 않는 것을 의외로 받아들였던 것 같다. 목월은 이런 말들을 했다.

"한 가지 이해가 안 되는 것은, 영랑시집이 아직 독자들의 관심을 많이 끌지 못한다는 것이네. 영랑 시는 우리 문인들 사이에서는 소월 시와 함께 가장 많이 읽히고 있는 우리나라 최고의 시인데, 서점에서는 아직도 찾는 사람들이 많지 않아 안타깝기 짝이 없네. 내 생각으로는 좀 더 시간이 흘러 독자들이 영랑 시의 진가를 알게 되면 소월 시 못지않게 영랑 시를 가까이하리라 확신하네. 시간이 흐르도록 내버려 둘 수밖에 없지."

"영랑 시가 다른 시인들의 시에 비해 국민들에게 너무 늦게 알려진 이유는 첫째, 영랑 선생이 세상을 뜨기 2년 전까지 서울에서 살지 않고 시골 고향에 묻혀 산 데다 그분의 고귀한 결벽성 때문에 다른 문인들에 비해 중앙 언론의 스

포트라이트를 받을 기회가 거의 없었다는 점이네.

둘째는, 소월 시처럼 초등학교 학생조차 읽는 대로 풀이가 되는 시가 아니라 영랑 선생의 시는 너무 깊어서 일반인들이 이해하기가 쉽지 않다는 것이네.

셋째는, 시어에 고향의 방언을 전례 없이 많이 사용해서 타 지역 독자들에게 친밀감을 못 준 점 등을 들 수 있네."

대강 이러한 내용이었다. 물론 방언 때문에 더 높이 평가를 받는 경우가 있지만 그것은 시를 제대로 이해하는 문인들, 국문학자 그리고 호남 사람들의 이야기이지, 호남 이외의 일반 독자들에게는 꼭 그렇지만은 않다는 게 상당수 지식층의 의견이다.

그 후 40여 년이 흐른 오늘, 중학생 이상의 국민치고 영랑을 모르는 이가 거의 없을 만큼 영랑의 인지도는 상승했다. 목월의 예언을 다시금 회상하게 하는 결과인 것이다.

당대 문학평론가 소천 이헌구(전 이화여대 문리대 학장)는 자주 영랑의 시에 관해 단문을 썼는데 "북에는 소월이요, 남에는 영랑이 있다."라면서 "그러나 언어의 멋과 리듬의 격조가 높은 점에서는 영랑은 옥이요, 소월은 화강석이다. 소월의 그 많은 한의 노래는 영랑의 옥저(옥피리)의 여운에 미치지 못하는 바 없지 않다."라고 했다.

또 영랑 시에 관한 지용(池龍) 정지용(鄭芝溶)의 여러 평론 중 눈에 띄는 대목으로 시 '청명'에 관한 글이 있다. 먼저 시 '청명(靑明)'의 일부를 보자.

호르 호르르 호르르르 가을 아침
취여진 청명을 마시며 거닐면
수풀이 호르르 벌레가 호르르르
청명은 내 머릿속 가슴 속을 젖어들어
발끝 손끝으로 새어나가나니
온 살결 터럭끝은 모두 눈이요 입이라

나는 수풀의 정을 알 수 있고

벌레의 예지를 알 수 있다

그리하여 나도 이 아침 청명의

가장 고웁지 못한 노래꾼이 된다

수풀과 벌레는 자고 깨인 어린애

밤새워 빨고도 이슬은 남았다

남았거든 나를 주라

다음은 정지용의 평론의 일부분이다.

"……영랑 시가 여기에 이르러서는 차라리 평필(評筆)을 던지고 독자로서 싯적 법열(法悅)에 영육(靈肉)의 진경(震慶)을 견디는 외에 아무 발음이 있을 수 없다. 자연을 사랑하느니 자연에 몰입하느니 하는 범신론자적(汎神論者的) 공소(空疎)한 어구가 있기도 하나 영랑의 자연과 자연의 영

랑에 있어서는 완전 일치한 협주(協奏)를 들을 뿐이니 영랑
은 모토(母土)의 자비하온 자연에서 새로 탄생한 갓 낳은
새 어른으로서 최초의 시를 발음한 것이다.”

당시 우리 문단에서 가장 훌륭한 서정시인 중 한 분으
로 추앙받던 정지용은 영랑의 시를 평할 때마다 이렇게 극
찬을 아끼지 않았다.

영랑이 첫 시집인 《영랑시집》(1935년)의 편집을 당시 가장 가까운 친구였던 시인 용아 박용철(1907~1938, 《시문학》 발행인 겸 편집인)에게 맡겼고 두 번째 시집 《영랑시선》(1949년)은 후배 시인 중 가장 사랑했던 미당 서정주(1915~2000)에게 맡겼음은 다 아는 사실이다.

첫 시집의 편집을 시인 용아에게 맡긴 이유는 용아 시인이 영랑과 가장 가까운 사이인 데다 당시 영랑이 고향 강진에 있었기 때문이다. 하지만 두 번째 시집을 낼 때는 영랑이 서울로 이주한 뒤였는데도 직장 일로 너무 바빠서 역시 가장 가까이 지내던 후배 미당에게 도움을 청했던 것이다.

영랑의 셋째가 부친과 사별한 후, 부친에 관한 이야기를 서정주(시인), 박목월(시인), 이헌구(평론가), 이하윤(시인), 황금찬(시인) 그리고 고향의 연세 많은 몇몇 선배들을 통해 들어 왔지만 그 중 가장 많은 이야기를 들려준 분은 영랑 시를 '음색과 생생한 기운으로서의 촉기'라고 평했던 서정주 시인이었다.

셋째가 서울 동작구 사당동 '예술인촌'에 입주할 무렵인 1970년대 초, 마포구 공덕동에서 오랫동안 살아오던 시인 미당 역시 셋째 집에서 200미터도 채 안 되는 같은 '예술인촌'으로 이사하여 자연스레 셋째는 미당 댁을 자주 찾았다.

영랑 묘 이장식 때. 왼쪽부터 시인 김광섭, 언론인 최상덕, 극작가 박진, 시인 이하윤, 시인 모윤숙 (1954년 11월).

　미당은 어느 날 셋째에게 부친 얘기를 꺼내면서, 1930년에 《시문학》지에 발표된 시를 통해 상상했던 영랑은 아주 섬세하고 여성적인 분이었는데, 1936년에 종로구 적선동의 박용철 시인 댁에서 처음 만난 영랑은 완전히 딴판이어서 놀랐다고 했다. 그러나 집 주인인 용아 시인의 소개로 12년이나 아래인 미당과 첫 인사를 나눌 때에도 수줍어서 얼굴이 불그레해져 꼭 촌색시 같은 순박한 모습이 인상적이었다고 했다.

　그 후 서울의 음악회 때마다 상경하는 영랑을 자주 만나면서 서로가 친형제처럼 가까워졌다. 어느 날 둘이서 술 한 잔씩을 나누고 충무로1가 입구(현 서울중앙우체국) 모퉁이를 함께 걸어가는데, 영랑이 지나가는 말처럼 "오장환(시인)이 보고 지금도 우리나라 시왕(시인 중의 왕)이라 한단가?" 하고 물어, 마땅한 말이 생각나지 않아 그냥 "모르겠소." 하고 대답했더니 한동안 말이 없다가 무엇이 그리 우스운지 깔깔대면서 "왕관은 네가 써라. 내가 줄 테니……"

하더라는 것이다. 이 말을 듣고 미당은 속으로 은근히 놀랐더란다.

이어 미당은 "그 말은 평소에 영랑 선생이, 그 당시 인기가 높았던 오장환이 시왕의 위치에 있다고 생각하는 독자들에게 불만이 있음을 살짝 비친 것이 아니겠는가? 그리고 영랑 선생은 그 말을 통해 자신의 위치를 은근히 과시했던 것이네." 하며 미소를 지었다.

미당은 또 영랑이 문우들과 금강산에 다녀오면서 서울에 들렀는데 미당을 만나자 "금강산에 다녀왔는가?" 물어서 "아니요." 했더니 "내가 쓰고 남은 돈인데 이것이면 왕복 여비로 충분할 것이네, 다른 생각 말고 꼭 한번 다녀오게." 하면서 그때만 해도 적지 않은 돈을 손에 쥐어 주었다고 한다. 미당은 "그 덕분에 금강산 구경을 잘 했네." 하고 지난날의 비화를 털어놓기도 했다.

영랑과 미당의 사이가 얼마나 가까웠는지를 보여 주는 대목이다.

『나는 늙어서 셋째 놈과 살겠소』

영랑의 다섯 아들 중 셋째가 어릴 때, 어른들이 보기에는 믿을 만한 구석이 있었는가 보다. 다른 형제들과 달리 셋째는 다섯 살 때부터 집 안에서 뛰어놀다가 눈에 조금만 달리 보이는 물건이 발견되면 그냥 지나치지 않고 작은 못 한 개까지도 주워다가 자신의 전용 서랍 속에 보관하는 버릇이 있었다. 그래서 그 서랍 속에는 잡동사니로 가득 차 있었다.

그러한 셋째의 버릇을 알고부터 영랑은 무엇이든 집안에서 잃어버리면 즉시 셋째의 서랍을 뒤져 분실한 물건을 찾아내고는 "이럴 줄 알았어! 이놈은 틀림없는 살림꾼이야!" 하며 만족한 표정을 짓던 기억이 새롭다.

아랫마을에 심부름을 보낼 때도 당시 아홉 살, 열세 살 된 두 형들을 제쳐 놓고 고작 여섯 살 된 셋째에게 시켰는데 후에 심부름을 전달받은 쪽에서 애당초 아버지가 시킨 그대로 한마디도 빠뜨리지 않는 똑똑한 아이라고 칭찬해서 영랑을 기쁘게 했다.

셋째가 여섯 살 때의 일이다. 무더운 여름날, 윗옷은 벗고 반바지만 입고 집안에서 노는데 아버지가 셋째의 아랫배를 주시하면서 아버지 앞으로 오라고 부르셨다. 아버지는 어머니에게 "이 자식 아랫배가 왜 이렇게 불룩해. 이상하지?" 하며 둘째 손가락으로 배꼽에서 두세 치 밑 단전 부위를 꾸욱꾸욱 눌렀다. 그러면서 새로운 걸 발견이나 한 듯

“아니! 이 자식 아랫배가 왜 이렇게 단단해? 돌덩이 같네, 여보, 이놈 배 좀 눌러 봐.” 했다.

어머니도 배를 만져 보더니 “글쎄? 너 혹시 배가 아프냐?”고 물었지만 셋째 자신은 전혀 이상을 느낀 적이 없었다. 그런 일이 있은 후 아버지는 혹 셋째에게 무슨 병이라도 있나 해서 계속 관심을 두었다.

얼마 후 셋째의 배를 다시 눌러 보던 아버지 영랑은 어느 한의사의 말을 인용하면서 어머니에게 “여보, 나 늙으면 셋째 놈과 살겠소, 아랫배가 이렇게 단단한 놈은 건강이 월등하다고 합디다. 어느 놈보다도 이놈 건강은 믿을 수 있소. 특히 이놈은 살림꾼이 될 놈이니 한세상 잘살 것이오.” 하며 만족스럽게 웃었다.

그러고서 70년의 세월이 흐른 2010년 현재, 형제들 대부분이 부모님 곁으로 떠났고 아들로는 셋째와 다섯째 아들만 남았다. 그 후 셋째는 76세가 된 오늘날까지 아버지 말씀대로 남다른 건강을 유지하고 있으니 그 당시 한의사의 말이 옳았던 것일까?

너무 어렸을 때 부친을 잃어 아버지에 대한 기억이 거의 없는 막내둥이 다섯째 아들 현도(1940~   )는 독문학을 전공한 덕분에 40여 년간 유럽 오스트리아에서 살면서 현지 국립은행의 전산부장으로 재직하다 은퇴해 그곳에 영주할 계획이다. 실제로는 셋째만이 아버지 영랑의 발자취를 올바로 보존하려고 노력하고 있는 셈이다.

후배 문인들이 확실한 근거도 없이 영랑을 지나치게 과장해서 미화 또는 폄훼하는 행위라든지, 사실이 아닌데도 영랑이 자신의 '최측근 인물'이었던 듯이 세상을 속이는 짓 등도 셋째의 기억이 또렷할 때 바로잡아야 할 일이라고 생각한다.

그리고 영랑 생가를 옛날 그대로 복원하기 위한 고증을 비롯해 '시문학파기념관' 건립을 위한 아홉 분 동인(김영랑, 김현구, 박용철, 변영로, 신석정, 이하윤, 정인보, 정지

용, 허보)의 사진, 저서, 유품 수집 등도 셋째의 임무에 속
한다.

셋째가 오랫동안 생가를 방문하지 못하다가 2006년
‘제1회 영랑문학제’ 때 생가를 둘러보고 깜짝 놀란 것은,
1943년에 영랑이 직접 사랑채 초가지붕을 기와로 바꿔
1997년까지 유지되어 왔는데 이 기와지붕이 어느새 갑자기
초가지붕으로 바뀌어 기와집이 지녔던 아름다움을 상실해
버린 탓이다.

기가 막힌 셋째가 당시 강진군 담당 과장 등 알 만한 분
들에게 그 이유를 물었으나 결론은 신중치 못했던 군 당국
의 실수로 밝혀졌다.

평소에는 서울 거주 유가족과 계속 연락을 해 오다가
왜 기와집을 초가로 바꾸는 문제만은 유가족과 사전 협의
를 전혀 하지 않았을까? 원망스러울 뿐이다.

영랑 생가는 국가지정문화재(중요민속자료)로 강진의
자랑거리 중 하나이기에 강진군민 모두가 원형 유지에 관

심을 가져야 할 것이다. 유가족이 걱정하는 이유는 예전과 달리 이제 우리는 일류 한옥 건축기사를 찾을 수 없는 시대에 살고 있기 때문이다. 일류 기사가 아니고서는 옛 지붕 용마루의 곡선을 원형 그대로 복원할 수 없다고 전문가들은 말한다. 이제 잃어버린 문화재의 가치를 되살릴 길이 없어졌으니 답답한 노릇이다.

그리고 '향토문화관' 안에 '영랑문학관'이 있음을 모르고 영랑 생가 방문객들이 대부분 그냥 지나쳐 버리는 점을 시정하기 위해 최근 '향토문화관' 간판을 '영랑 현구 문학관'과 '향토미술관' 등 두 개의 간판으로 바꾸어 내걸게 했다. 그 후 방문객 수가 많이 늘고 있음은 다행스러운 일이다.

영랑 시의 난해성을 고려해서 처음으로 영랑시 전편 해설 전문 서적이 출판되도록 유도하는 한편, 이미 발행된 베

트남어 판 이외에도 영문과 일본어 번역판 시집이 나올 수 있게 했으며, 출판사가 《영랑시집》을 출판할 때는 난해한 시어를 전편 감수해 줌으로써 독자들의 시 해석에 도움을 주는 일 등 셋째의 노력은 계속되고 있다.

또 요즘 자주 강진을 찾아오는 관광객들을 좀 더 친절히 맞이하기 위해 강진군에서 한식을 영문으로 풀이한 《한정식 한영사전》을 만들어 군 전역 요식업소에 배포하게 한 일도 지역 경제 발전을 돕는 일일 것이다.

이 밖에도 그동안 강진에 사는 문인이 아닌 사람들 위주로 운영되어 오던 '영랑기념사업회'를 2009년 12월, 뒤늦게나마 유명 문인들이 대거 참여하는 체제로 발돋움시키면서 '영랑'의 이름에 걸맞게 전국적인 조직으로 확대 발전될 수 있도록 했다. 이제는 전체 문인들의 지지를 받고 있음은 물론, 지역 발전을 위해서도 획기적인 계기를 마련했음은 다행스러운 일이 아닐 수 없다.

소설 속의 '홍길동' 등을 활용해서 해당 지자체가 몇 백억 원씩 부가가치를 창출하고 있는 예는 제쳐놓고서라도 강진읍 인구(약 1만5000명)의 3분의 1 수준인 강원도 평창군 봉평면(인구 약 5200명)의 '이효석문학관'의 경우를 보면, 설립 이전(2000년)에 비해 방문객이 20만 명에서 250만 명(2008년)으로 12배 이상으로 늘었고, 그에 따르는 수입 역시 연간 400억 원을 오르내리고 있다. 강진의 경우 전국적인 인지도를 지닌 '영랑'의 이름을 활용한다면 봉평면보다 전망이 훨씬 밝다는 것이 다른 지역 문학관 관계자들의 전망이다.

무(無)에서 오늘날의 '이효석문학관'을 이뤄 평창군의 효자로 만든 '효석문학선양회'처럼, 이제 '영랑기념사업회'도 영랑을 활용해서

미국 동포신문인 《한겨레저널》의 발행인 겸 편집인으로 있던 당시 플로리다 주의 그레엠 주지사와 단독 인터뷰 중인 저자.

머지않아 강진 군민들은 물론 강진군청의 거대한 버팀목을 만들어 낼 때가 올 것을 확신한다.

셋째가 열여섯 살 때, 6·25전쟁이 아버지 영랑을 앗아 갔지만 이 세상에는 아직도 그의 시와 생가, 문학관, 그리고 '영랑을 사랑하는' 수많은 후배의 가슴속에 살아 숨 쉬고 있으니 "……나는 사라져 저 별이 되오리……"('좁은 길가에 무덤이 하나' 중에서) 하고 노래했던 것처럼 영랑은 이렇게 '별이 되어' 젊은 날에 희망했던 대로 '셋째 놈'과 함께 살아가고 있는 것이다.

아버지 그립고야

1판 1쇄 인쇄 2010년 4월 1일
1판 1쇄 발행 2010년 4월 10일

지은이 | 김현철
기획 | 영랑기념사업회

발행인 | 김재호
편집인 | 이재호
출판팀장 | 안영배

편집장 | 박혜경
교정 | 장명숙
아트디렉터 | 윤상석
디자인 | 박선향
마케팅 | 이정훈 · 유인석 · 정택구 · 이진주
인쇄 | 삼영인쇄

펴낸곳 | 동아일보사
등록 | 1968.11.9(1-75)
주소 | 서울시 서대문구 충정로3가 139번지(120-715)
마케팅 | 02-361-1030~3 팩스 02-361-1041
편집 | 02-361-0967 팩스 02-361-0979
홈페이지 | http://books.donga.com

이 책은 저작권법에 의해 보호받는 저작물입니다.
저자와 동아일보사의 서면 허락 없이 내용의 일부를 인용하거나 발췌하는 것을 금합니다.

ISBN 978-89-7090-787-1 03810
값 9,000원